犬キューピット

夢丸《ゆめまる》と呪犬《のろいいぬ》（新装版）

絵と文
郁実ひよと

犬キューピット

もしもあなたが
愛犬に運命の出会いを感じたのなら
それは気のせいではなく
犬キューピットたちのおかげ

犬キューピットたちは

人と犬のすてきな出会いのため
ひそかに働いている

―それは三層の世界からなる物語

「日常《にちじょう》」ごく普通の人や犬が暮らす世界
「精霊《せいれい》」犬キューピット達の精霊の世界
「幻想《げんそう》」『種の起源の犬』の世界

目次

序章

私は遥《はる》か昔、初めて「**人と共に生きる**」という選択をした狼
我らは犬となり、狼をはるかに凌《しの》ぐ繁栄《はんえい》した
そして私は「**種の起源の犬**」と呼ばれ、全ての犬を見守っている
けれども今、人と犬の関係は変わってしまった
愛情をたっぷり受ける犬がいるその一方
まったく愛情を受けない犬、虐待《ぎゃくたい》を受ける犬

そんな哀れな犬たちが行く末は悲惨《ひさん》
よりどころなく天界と下界の間の世界を漂う「**サマヨイ**」
人への復讐《ふくしゅう》を誓《ちか》い、天界への昇天を捨てた「**呪犬**」
憂《うれ》う私を助けてくれるのが「**犬キューピット**」達
愛犬と「**運命の出会い**」を果たした人ならわかるはず
人知れず働く犬キューピットの存在を感じたはず

『**希望**《きぼう》』と『**絶望**《ぜつぼう》』
『**慈愛**《じあい》』と『**憎悪**《ぞうお》』

この「**四つの心**」を理解する者が良き犬キューピットになります
夢丸もそんな犬キューピットの一匹
これは夢丸がおこした奇跡の物語

一　俺は生きる!!

とある田舎の農家に留まっている軽トラの荷台に積んである箱の中、五匹の兄弟の仔犬が一緒に詰め込まれている。

箱の中の仔犬たちの顔は怯え、落ち着かず周りを見回したり、意味もなく顔を見合わせてたり、目を白黒させたりしていたが、その中で勝気な一匹の仔犬だけが、何かを察して目をぎらつかせた。

その軽トラに乗りかけた初老の男に小さな女の子がまとわりついて来た。

「爺ちゃん、犬がおらん!!」

最愛の孫だ。男は少し焦りながら笑顔を取りつくろって応えた。

「あ、あぁ……犬ならここにおる。もらってくれる人が見つかったんだ」

みるみる女の子の目が潤んだ。それでも涙をこらえてお願いをした。

「最後にバイバイする」

最愛の孫のお願いには勝てず、男は荷台に上げてやり、箱のガムテープをバリバリと剥《は》がして開け、仔犬たちと最後のお別れをさせてあげた。

「バイバイ」

ゴトゴト走る軽トラのバックミラーに映る半べそをかく孫の姿に、男はチクリと胸を痛めた。なぜなら仔犬の引き取り手が見つかったというのは大嘘で、保健所に持っていき処分するからだ。

けれどもこの最後のお別れが一匹の仔犬の運命を開いた。

一度開き、貼り直されたテープの箱の閉じが雑で甘くなっていた。差し込んだ光の先に見える空の青さに胸踊らせたのは勝気な仔犬だ。

「逃げるぞ‼」

「なんで？」

「ここにいたら、きっと俺たち死ぬ」

勘《かん》のいい勝気な仔犬はこの箱の中の不穏《ふおん》で危険な気配を察《さっ》していた。

「逃げるっていったって……」

兄弟たちはしり込みしたが、勝気な仔犬は動じない。

「俺は行く‼　俺は生きる‼」

兄弟たちの上に乗りかかると、箱がバランスを崩し倒れた。すると、良い感触の足場ができ、脚を踏《ふ》んばり、少しだけ開いた箱の隙間《すきま》を、強引にぐりぐりとこじ開けると、勝気な仔犬は箱の外に出るのに成功した。

「やった‼」

そのまま隣の箱に飛び乗り、ゴトゴト揺れる景色を眺《なが》めると、河川敷《かせんじき》の遠方に連なる山脈は美しく、川はキラキラと輝いている。

勝気な仔犬の高揚《こうよう》はさらに高まる。

ウオォォンと一人前の遠吠えをした。

「すげえぞ、みんな来い‼」

勝気な仔犬が誘っても、他の仔犬は目を白黒させ、箱の隙間からこの危なっかしい兄弟をのぞき見てるだけだった。

「危ないよ。戻っておいでよ」

「嫌だ‼　俺は行く」

兄弟たちの制止を振り切り、無謀《むぼう》にも荷台から飛び降りた。

「わぁぁぁ」

ドーンと衝撃を感じ、坂をゴロゴロ転がったが、幸運だったのは飛び降りた先は草むらでダメージはない。急いで起き上がり、道まで駆け上がり、兄弟たちに自分の雄姿《ゆうし》を伝えたかったけれど、軽トラはすでに小さくなっていた。

勝気な仔犬は軽トラが見えなくなるまで見送った。

兄弟たちとはそれきりだ。

「やるぞ。俺は生きる!!」

不安よりも好奇心が勝る。怖い事なんてなかった。

とはいえ、まだ仔犬が一匹で生き延びるには並大抵ではない。人気のない野山を無我夢中で駆けまわり、野ネズミや爬虫類《はちゅうるい》や虫を食べて生命をつないだ。

辛くはない。生き残る執念がわく感覚にかえってワクワクした。

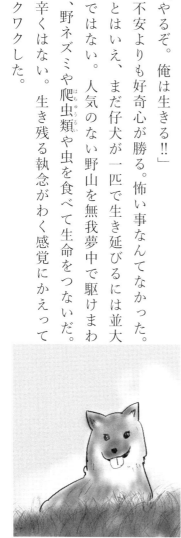

それでも飼い犬に生まれた性なのか、無意識に人気《ひとけ》のある所を目指していた。そして、とある集落についたその日は台風が近づく夜のこと。

みるみるうちに真っ黒になった空からは、身体に当たると痛いほど大粒の雨と、身体を吹き飛ばすほどの暴風がおそいかかった。

一歩間違えば、豪雨《ごうう》で現れた濁流《だくりゅう》に何度も飲み込まれそうになったが、不思議なくらい勘が冴え、曲芸のごとく何度もひょいとかわして難を逃れた。

そのまま懸命《けんめい》にしのげる場所を探すと、どこかはわからないが、偶然に見つかった雨風から身を守れる空間に飛び込むことができた。

そして疲れ切った勝気な仔犬はばったりと倒れた。

次の日の朝である。

この集落から少し離れた集落にすむ天野良治《あまのりょうじ》という初老の男がこの集落に来た。この辺りに住む叔母の家の台風見舞いに来たのだ。

良治は、到着早々にふと家の軒先にある、もうすぐ捨てるはずの犬小屋がやけに気になった。大きなお腹を無理やり引っ込め、のぞき込んだら驚いた。

「おーい、佳代ネェ」

良治が呼ぶと、家から出てきたお婆さんが叔母の佳代《かよ》である。

子だくさんの時代で末っ子だった佳代は叔母とはいえ、良治とは歳は十も離れていない。家も近所で兄弟の様に育ち、気もあったので、叔母というより、姉の感覚で良治は「佳代ネェ」と呼んでいる。

もっとも高血圧で糖尿病《とうにょうびょう》の化もある良治より、散歩好きの佳代の方が、色々な数値も、見た目も若く見えるくらいだ。

「まぁ良ちゃん、大丈夫だった？」

佳代は昨夜の台風の事を気にかけたが、良治は軒下の犬小屋を指さし、まったく別の事が気になっていた。

「ほら、犬小屋に犬がおるよ」

「え、まさか」

犬なんてまったく心当たりない。何かの見間違いだろうと、犬小屋をのぞいた佳代も驚いた。全身泥まみれで死んでいるかのよう不自然に身体をよじりながら転がっている犬がいる。まだ仔犬。しかも生死不明。

佳代はドキドキして、手をかけようとするとブウブウと軽いイビキをかいたので、ほっと胸をなでおろした。

「びっくりした……この子、昨日の台風の中でここまで来たのかしら」

「らしいね。疲れ切ってんだろう」

その場にしゃがみこんで静かに見守っていると、仔犬は時おり、前後の脚をばたつかせて、まるでどこかを必死で走っているような仕草をみせた。

「昨日の夢でも見てるのかしら？」

こんな仔犬が一匹、昨夜の暴風雨におそわれながらここまで来た姿を想像したら、どうしたって情がわく。すでに目が潤んでしまった。

しばらくすると、仔犬は気配を感じて目を覚まし、佳代に向かってゆっくり顔を起こすと、泥んこまみれの瞼《まぶた》をこじ開けてまん丸の目をふたつ現した。

そして、その目でじっと佳代を見つめた。

勝気な仔犬は、その光景にドキリとした。

逆光で顔はよく見えなかったけれど、佳代の背中の向こうから差し込む優しい光が神々しく輝いていて見えた。

（あ、この人はいい人だ）

一目でそう直感した勝気な仔犬は、残る力を振り絞ってヨロヨロと立ち上がり、尻尾を振ると、慌てたのは佳代だ。ほっておける人ではない。

「絶対お腹がすいてるわよね。何かあげなきゃ……ちょっと犬、見てて」

仔犬を良治に任せ、急いで家に戻り、冷蔵庫の中から、犬が食べられそうなものを見つくろい、魚肉ソーセージと食パンを持って行った。

久しぶりの御馳走《ごちそう》に興奮した仔犬は、食べながらちぎれんばかりに尻尾を振って喜びを伝えると、佳代も目を細めて笑顔を見せた。

「佳代ネェ、いいの？　そこまでしたら捨てるに捨てれなくなる」

良治の指摘《してき》通りである。佳代はもう完全にこの仔犬に心を奪われている。

けれども事態はそう簡単にいかない。

その時、佳代は七十三歳。旦那さんとは七年前に死別した。二人の間に子供は恵まれなかったので、今は一人暮らしをしている。足腰は丈夫な方であるが寄る年波には勝てない事は承知して日々を送っている。とても最後までこの犬の面倒を見る自信はない。

「どこか飼ってくれる人はいないかしら？」

良治の心当たりは、佳代くらいの老人ばかりだ。とんと思いつかない。

「この辺りでは無理だわな。佳代ネェが一番元気なくらいだ」

しばらく二人とも沈黙していたが良治はきっぱりと言った。

「佳代ネェが飼えばいい」

「簡単に言わないでよ。そりゃもう十歳若かったら、迷わず飼ってたわ。でもこの歳じゃあ、きっと最後まで面倒見れない」

「でもそこまでは生きられる。このまま保健所に連れて行ったら数日の命。奇跡的にここにたどり着いた犬。どっちがいいか考えればすぐにわかる」

この一言で佳代をこの仔犬を飼う決心をする。

勝気な仔犬は箱から飛び出て、車の荷台から飛び降りるという無謀《むぼう》な賭けに勝った。自分の力で生き残る権利を手に入れた。

そして佳代から「夢丸」という名をもらった。

この佳代の名付けにはささやかな伝統がある。これまで飼った犬は四匹。最初は物心ついた頃すでにいた犬「雪丸」だ。父が名付けた。当時、一万円札の顔だった聖徳太子にあやかろうと、その愛犬「雪丸」から名前をいただいたが、残念ながらさほど一万円札に縁はなかった。

とはいえ、妙にこの名前のリズムを気に入った佳代は以後、「吉丸」「姫丸」「風丸」と愛犬には必ず、「丸」をつけ、五匹目が「夢丸」となった。犬小屋の中で夢を見ていた姿が佳代の印象に残っていたからだ。

そんな夢丸と佳代の生活は始まった。

三か月もすると、夢丸はみるみる大きくなり、身体だけは一人前の中型犬になると、夢丸は近所で今時珍しい「野生を感じる犬」と話題になった。

一見、柴犬ぽいが顔も鼻先が長くて、体毛は短く、茶色に黒毛をまぶしたように生やしているから「狼みたい」とよく言われた。それでも首回りと足先は白く、マフラーと靴下をしているように見えるという愛嬌もある。

性格はまさに『番犬』で、庭先では常に辺りを警戒し、不審な者があれば、鎖の目一杯まで飛び掛かかり、近所の人や郵便屋さんをたびたび驚かせた。

救急車のサイレンにも健気にウオォォンと遠吠えをして反応してみせる。

こんな野生っぽい所が佳代の琴線《きんせん》にぴたりと触れて、夢丸を心から頼もしく、愛《いと》おしく感じていた。

「私に言わせりゃ、夢丸こそが犬で、そこらの可愛らしいのなんて、品の良い大きいネズミだわ」

これは佳代の口癖《くちぐせ》になり、たまに来る良治に事あるごとにお礼をした。

「あの時、良ちゃんの言う事を聞いてホントに良かった」

そう言われれば良治もうれしい。良治にも夢丸は大切な存在となった。

そんな心底愛情をそそいでくれる佳代との暮らしは夢丸にとって充実し、やりがいのある幸福な日々だった。

けれども、ここまで来るのに色々あった。時に佳代は鬼になった。

それは散歩の時。いつもは優しい佳代が腰のベルトでリードを括り付け、コウモリ傘を片手に持つのが散歩のスタイル。そして、散歩中、夢丸が少しでも佳代を差し置いて前に出ようとするならば豹変《ひょうへん》した。

「夢丸、待てっ‼」

ビシッとコウモリ傘で鋭く叩き、夢丸の脚に厳しい痛みを与えて叱る。

「可哀そう……」「たかが犬にそこまでするのかね」

この光景を最初に見た近所の人は驚いたが、これこそが佳代の最大の愛情だと今は皆、知っている。佳代は脚を叩いた後の夢丸の脚を、すぐに優しくさすり、一生懸命「引っ張ったらダメよ」と説き伏せるからだ。

自分の足腰はこれから必ず衰える。少しでも長い期間、夢丸の散歩を続ける為にはどうしても『引っ張り癖』を直す必要があるからだった。

これだけ親密に一緒に暮らしていると、互いに気心が知れてくるらしく、佳代の口癖もどんな時に、どんな心境で呟くのかも夢丸にはわかってきた。

「夢丸、一身独立《いっしんどくりつ》!!」

佳代は時おり、夢丸のほっぺたを両手でぎゅっと挟み、こう言い聞かせた。

あの有名な福沢諭吉の「学問のすゝめ」の一文である。

『一身独立』
独立の気力なき者は必ず人に依頼す、
人に依頼する者は、必ず人を恐れる、
人を恐れる者は、必ず人にへつらうものなり。

佳代は寝室の額縁《がくぶち》には祖父の書いたこの文が飾ってある。祖父からの教えで、佳代はそれに素直に従ったようだ。

もちろん、この文面を夢丸が読めるはずもないが、何度も聞かされると、苦痛を感じている時に、自分を励まし、自分に言い聞かせるように、夢丸に呟《つぶや》いている事を理解した。

夢丸は走る車から飛び降りるほど『勝気』で『独立心の強い』犬である。佳代と気が合うのは当然だった。


そんな幸せな生活が八年過ぎた。

この頃から佳代の足腰は軽いぎっくり腰をきっかけに、一気に衰えた。散歩の距離はずいぶん減り、時には行けない日もあった。

でもそんな時、佳代は散歩の代わりに、縁側《えんがわ》に夢丸を連れて行き、小一時間は夢丸の背中やお腹をさすったり、抱きしめながら何度も「ごめんね」とつぶやきながらかまってくれた。夢丸は佳代の衰《おとろ》えは十分承知してたので、それだけで満足だった。

そして、ついにお別れの時が来た。

ある日、佳代は体調を崩すと、その日を境に散歩どころか、起き上がる事すらできなくなった。夢丸はそんな佳代の側をずっと離れず、心配そうに布団の端にちょこんと顔をのせると、目を潤《うる》ませながら見守った。

そんな夢丸の健気な姿に、佳代は嬉しそうに微笑んだ。

そして、ありたけの力を振り絞り、震える手で夢丸の毛並みを名残惜しそうになでると、夢丸はブウブウと鼻を鳴らし、目を細めて思い切り甘えた。

佳代は満足そうに、微笑み、最後の言葉を夢丸にかけた。

「夢丸、ごめんね……でも、うちに来てくれて本当にありがとう……だって寂しくないもの」

佳代の身体からふわりと力がぬけた。

そして、もやもやと白い煙のような魂が身体から出て、ゆっくり天井に上り、そのまますり抜け、天空まで昇天するのを、夢丸は最後まで見届けた。

(俺もここで死ぬ)

夢丸はそう決意した。

佳代が寝込んでから何も食べていない。ふらふらの身体の最後の力を振り絞り、佳代の亡骸《なきがら》に寄り添った。

そしてほとんど意識が遠のいた時、不思議な気持ちに達した。

（《《もう少し生きるんだ》》）

どうしてそんなふうに思ったのかわからない。
そして、自分にはもう一つ、残された仕事がある事に気付く。
夢丸は全神経を研ぎ澄ませ、心の中である人に向けて吠えた。
どれくらい時が経ったのかわからない。
聞きなれた足音が聞こえたところで、ついに夢丸の意識は途絶える。
外にいたのは良治だった。
ここに来る前、聴こえるはずのない夢丸の鳴き声がなぜか聴こえた。
そんな気がした。
まるで自分を呼んでいるように……
そして、導かれたかのようにここへ来た。

「夢丸、おーい夢丸」

声をかけ、軒下の犬小屋をのぞくが、どこにも夢丸の姿はない。

そればかりか呼び鈴を鳴らしても「おーい佳代ネェ‼」と大声で呼びかけても、家の中からの返答もない。

ただならぬ気配を感じた良治は裏庭に周り、カーテンのわずかに開く隙間から室内をのぞくと、かすかに見える寝込む人らしき影。

良治は慌てて交番へ連絡すると、駆けつけた駐在さんに玄関の鍵をこじ開けてもらい、家に飛び込んだ。

「あ、佳代ネェ‼」

良治は横たわる土色の顔の佳代を見つけ、悲鳴のような声をあげた。

すでに息はない。

だが不幸中の幸いは、佳代は死後間もないという事だった。

腐敗《ふはい》もなく眠っている様な安らかな顔だった。

そして、その横に寄り添う動かない夢丸。良治は察《さっ》した。

「夢丸……お前が……お前が、俺を呼んだんだな」

亡骸《なきがら》に寄り添う健気な夢丸の姿に、良治はこみ上げる涙と嗚咽《おえつ》をこらえることが出来ずに、大きな手で流れる涙をぬぐいながら、おいおいと泣いた。

側にいた駐在さんももらい泣きを抑えれきれない。

「お前、最後まで一緒にいてくれたんだな……いい子だ」

良治は夢丸にそっと手を添えると、夢丸はうっすらと目を開き、わずかに首を傾《かし》げた。

「お前、生きてるのか‼」

夢丸は生きていた。

良治は驚き、夢丸を抱えて自宅へ連れて行き、全力で介抱《かいほう》した。

夢丸は寸前のところで一命をとりとめた。

だが、そんな夢丸を待ち構えるのは「壮絶《そうぜつ》で過酷《かこく》な経験《けいけん》」だった。

二　壮絶《そうぜつ》で過酷《かこく》な経験《けいけん》

無我夢中で夢丸を助けだした良治は、当然自分で引き取るつもりだったが、事情はそうはいかなかった。この八年で良治もずいぶん衰えた。高血圧で糖尿病《とうにょうびょう》の持病を抱える一人暮らし。犬の世話どころか自分の事で精一杯。主治医と自治体にきつく止められ、大家には「飼うなら出てって」と言われた。

やむを得ず、一週間と期限を決め、夢丸の引き取り先を必死で探したが、雑種の成犬で何より勝気な性格がネックとなり、ついに見つかる事はなく、保健所へ連れて行くしか道はなかった。

最後の夜、良治は自分の晩御飯をキャベツだけでしのぎ、節約した分で夢丸に高級フードを与えた。目を輝かせて食べる夢丸に良治はこぼれる涙をぬぐいもせず、声を絞り出してあやまった。

「夢丸、すまん。こんなに事になるなら、あの時、佳代ネェと一緒に死なせてやった方が良かったかもしれん……でも、わしにはできんかった」

そんな良治を見て、勘のいい夢丸は察した。

（どうやら俺は死ぬ事になるな）

とはいえ、一度は死ぬのを覚悟した身の上、特に何も感傷《かんしょう》に浸ることはない。

もちろん、良治に対して恨みもない。でもあの死の瀬戸際、なぜ（もう少し生きるんだ）と思った自分の気持ちだけが不思議だった。

そして次の日の朝、夢丸は良治の車で保健所に連れて来られた。

「それは残念です。心中お察しします。後は我々が最後まで責任を持ちます」

良治から事情を聞いた保健所の職員は心痛《しんつう》な面持ちでそう慰《なぐさ》めた。

請け負ったのは中武《なかたけ》という二十代後半のここで一番若い職員だ。

中武は一礼すると、夢丸を連れて管理棟《かんりとう》へ向かう。良治はだんだん小さくなっていくその後ろ姿を最後まで見送るが、涙でほとんど見えなかった。

暗く狭い通路を抜けた先にある柵に備わる扉を開けてくぐり、残り三方を無機質なコンクリートに囲まれた部屋が『収容室』だった。

先客がいる。仔犬が五匹。

不意の侵入者に怯え、部屋の隅で寄り添い震えている。目を白黒させたり、あらぬ方向を見回したり、落ち着かない。

（そういや、あいつらもあんな顔してたな）

夢丸は怯える仔犬たちに、ふとダンボール箱で生き別れた兄弟の姿を重ねた。じんわりとこの仔犬たちに親近感と愛おしさがわいてきた。

怯《おび》える仔犬たちに夢丸は自分から近寄り、鼻先を合わせたり、背中をさすってかまってやると、仔犬たちはすぐに夢丸に気を許し甘えた。収容された仔犬たちには突然に親から引き離された心の穴を埋める存在が必要だったのだ。


その日から、夢丸と仔犬たちは寄り添って寝た。

職員達は我が子でもない仔犬に愛情をそそぐ夢丸の行動に息を飲んだ。

食事の時はさらに驚いた。フードは通常、取り合いをさける為、個別にして与える。ある時、中武は仲睦《なかむつ》まじい夢丸と仔犬たちに、ふと感じるものがあり、思いつきで一緒に与えると、夢丸は自分の体格に合わない少量だけ食べ、あとは仔犬たちにあげた。そして仔犬たちも仲良く分け合って食べる。

中武は食事を放棄《ほうき》した夢丸の行動から、ある意思を感じ取った。

（こいつ、死ぬ覚悟してやがる）

小さな嫉妬心《しっとしん》が沸いたのを自覚した。

（自分にここまで誰かを守る覚悟が出来るのか……）

家族の事が自然と思い浮かぶ。自分にも守るべき命は二つある。妻と長男だ。

妻には一度、寸前のところで救われた。

根っからの犬好きの自分が、この仕事に配属された時は、何の因果かと絶望し、うつ病になりかけた。その時、救ってくれたのは妻の一言だった。

「あなたの様な優しい人が手掛けたなら、亡くなる犬たちへのせめての慰《なぐさ》めになるのじゃないかしら」

長男は先日、初めての誕生日を迎えたばかりだ。赤ん坊だったの頃の長男は肉の塊《かたまり》にしか見えなかったが、近頃様子が変わって来た。自分に対して反応を返してくれると、がぜん愛着が沸き上がってくる。

家族を守る。漠然《ばくぜん》と描いていた気持ちに、夢丸の小さな命を守る姿は、現実感を突きつけられ、心が大きく揺さぶられた。

（なぜ、この犬たちが死ななきゃならんのだ）

おそらく中武同様、職員の誰もが思っていたが、誰も口にはしない。たとえ言ったところで、現時点では『無責任』でしかない事を皆、知っている。


『繁殖崩壊《はんしょくほうかい》』

『多頭飼《たとうか》い』


一見、華やかなペット産業の裏でこの二つの問題が保健所を圧迫している。

『繁殖崩壊《はんしょくほうかい》』は悪質なペットブリーダーが一度に大量に放棄した犬や猫。

『多頭飼《たとうか》い』はそんな動物を可哀そうと引き取ったものの、処置を行わないまま飼った為、繁殖を繰り返した後、手に負えなくなり、かえって大量の命を処分せざるをえない状況。全ての命をこの所だけで救うのは不可能なのだ。

さらに、心無い飼い主からの持ち込みも少なくない。

夢丸の次に連れて来られたのは二歳くらいのメスのビーグル犬だった。

「ここに来る事は、この『犬は死ぬ』ということですよ。わかってますか？」

「だって、犬がいるとおちおち旅行にも行けないのよ、しょうがないじゃない」

その言葉一つで片づけられたビーグル犬は、その現実を受けいる事が出来ず、いつまでも扉の前に立ち、飼い主が迎えに来るのを待ち続けた。

その次はよぼよぼの老犬のレトリバーが来た。

「ここまで世話したんだから、もういいでしょう。近頃ぼけちゃって」

中年の男性はそれだけ言うと、老犬を残し、振り返りもせず、すたすたと去った。老犬は寂しそうに部屋の隅にうずくまり、全てを諦《あきら》めてふさぎ込んだ。

山の中で生活していた野良犬二匹も来た。兄弟らしい雑種の犬だった。一匹は違法の猪の罠で片前脚を失い、びっこを引いている。もう一匹はその犬をかばうように辺りを警戒しながらずっと寄り添っていた。

感情に流されない信念がなければ、ここの仕事は務まらない。

そんな収容室にある犬が来た事により、波乱が起きた。

その犬は皮膚病が酷く所々の体毛は抜け落ち、生きる気力を全く失い、目はうつろで脚の筋力をひどく弱らせ、ヨロヨロと収容室に入って来た。異形《いぎょう》の気配を漂わせているシベリアンハスキーだ。その犬の入室と共に室内は緊張で凍り付き、仔犬たちは怯え、慌てて夢丸の後ろに隠れた。

けれども、その犬は周りに一切の関心を示さず、そのまま眠り込んだ。仔犬たちはしばらく隠れていたが、そこは仔犬、すぐに飽きてくる。そのうち危険がないとわかると、ちょろちょろと遊びだした。

その時である。

死んだように眠っていたその犬が、突然ピクリと瞼《まぶた》を開けた。

そして、仔犬を見つけると、カッと目を見開き、むくりと起き上がり、仔犬たちに向かいだしたのだ。

びっくりして逃げ回る仔犬たちを守る為、すかさず夢丸は異形《いぎょう》の犬の前に立ちふさがる。耳と尻尾を逆立たせ、唸《うな》り声をあげて威嚇《いかく》した。

だが、そんな一触即発《いっしょくそくはつ》の中でも、夢丸は複雑な心境になっていた。その異形《いぎょう》の犬の目の奥に、底深い哀しみが潜《ひそ》んでいるのを感じ取ったからだ。

「寄るな、引け!!」

だが夢丸の意志は届かない。異形《いぎょう》の犬はゆっくりと向かって来る。

「来るな!!　お前とは争いたくない」

そんな一触即発《いっしょくそくはつ》の事態に気付いた職員があわてて収容室に飛び込み、異形の犬を抑えこんで夢丸と引き離し、独房へ連れて行った。

その夜、独房の方からの哀し気な遠吠えが、夢丸の耳にかすかに届いた。

そんな中、朗報《ろうほう》が入る。信頼できる保護犬の会から、二頭の犬を引き取りたいと申し出があったのだ。

対応した中武の前に現れたのは、新顔で名を廣田真澄《ひろたますみ》と名乗った。

真澄は歳は二十歳くらい、すらり長身で、細めの目鼻立ちで微笑む様子は、観音様を思わせる容姿だなと中武は思った。

「現在いる犬は、全部で十頭。うち仔犬が五頭います」

中武が伝えた現状は、真澄の予想以上だったようで、しばらくの絶句の後、心苦し気に震える声で言った。

「残念ですが、今日引き取れるのは二匹です」

これは言わば、『命の椅子《いす》取りゲーム』となる。

けれど中武はその二匹限定の重みを理解している。微笑んでうなずいた。

犬の選別は中武と真澄が話し合って決めた。選別の基準となるのは、まずは『健康』である。続いて『人なつっこい』事、そして『若い』ということも優先される。自然、五匹の仔犬から選ぶ事となった。

中武が仔犬を連れ出そうとすると、いつもと違う気配を察知《さっち》した夢丸が仔犬を守るように盾《たて》になり、威嚇《いかく》の尻尾を立てる。

「ごめん‼」

柵《さく》の外から見ていた真澄が思わず叫ぶと、気付いた夢丸は真澄をしばらくじっと観察していたが、例の如《ごと》く何かを察し、警戒《けいかい》を解いた。

「あんな仲睦《なかむつ》まじい親子を引き裂くのは心が痛みますが……」

「いえ、あれは親子ではありませんよ」

「では、メス犬なんですね。母性が出たんだ」

「いや、夢丸はオスです。すごく勘のいい奴なんですよ」

中武の応えに真澄は「えっ」と心底驚いた。

「夢丸……夢丸と言うのですね。この犬は」

真澄は夢丸の事がもっと知りたくなり、中武に夢丸がここに至るまでの話を聞いた。最後まで飼い主に寄り添った事や、ここでの仔犬との交流を聞き、真澄は胸一杯にこみ上げる感情を抑えきれず、人目をはばからず両手で顔を覆《おお》い、その場で号泣した。

ひとしきり泣いた後、真澄は力強く立ち上がり中武に宣言した。

「引き受ける二匹の命、心して預からせていただきます」

そして、夢丸の前に立つ。

「夢丸、私は『犬キューピット倶楽部』の真澄」

凛《りん》として自分の前に立つ真澄の姿に、夢丸は何か直感で惹《ひ》かれるのを感じ、しばらく見つめてみた。真澄の着るシャツのイラストがなぜか気になる。

（なんだろう……）

変わった犬のイラストだった。

人間のように服を着て、二本足で立っている。

夢丸は小首をかしげた。


（《《犬キューピット》》）


そしてこの言葉も、妙に耳に残る。

真澄は夢丸を抱きしめて宣言をした。

「夢丸、この二つの命、私に預からせて。絶対に幸せにする」

そして夢丸は心を真澄に許し、静かに仔犬が引き取られるのを見送った。

ところが翌日、再び真澄はここに来た。丁重《ていちょう》に頭を下げてお願いをする。

「今日は個人的に来ました。どうか夢丸を引き取らせてください」

職員一同、驚く。あわてて中武が対応した。

「い、いいえ、どうか頭を上げてください。でも、どうして？」

「あれから、夢丸の事が頭を離れないんです。倶楽部としては引き取る事は出来ないので、家族に無理言って自分で引き取る事にしました」

職員的には何も問題はない。中武は二つ返事で応え、檻《おり》の外に夢丸だけを連れ出して来てくれた。夢丸は真澄に尻尾を振り、歓迎のそぶりを見せる。

「夢丸、私と一緒に暮らそう」

真澄が夢丸にそう告げ、一緒に連れて行こうとすると、さっき気を許したはずの夢丸は両前脚を踏んばって拒《こば》み、頭を振り、真澄の手から逃れた。

「えっ」

動揺《どうよう》する真澄を背にし、夢丸はすたすたと檻《おり》の前まで戻った。

どうやら仔犬を置き去りにする事を察《さっ》したらしい。確かに仔犬たちは心配そうに檻の端まで来て、夢丸を待ちかまえていた。夢丸は前脚で柵の扉をガシャガシャと叩き、「開けろ」と中武に催促《さいそく》した。

中武はどうしたものかと、真澄と目を合わせると、真澄がうなずいて応えたので、扉を開けると、夢丸は何のためらいもなく戻る。三匹の仔犬はそんな夢丸に、喜んで飛び掛かり、じゃれついて甘える。

そして夢丸はじっと真澄を見つめて想いを伝えてきた。

(俺はこいつらを最後まで守る)

そんな神々《こうごう》しささえ感じる意志を、真澄は夢丸から確かに受け取った。

「君の気持ちはよくわかった。最後まで仔犬を守るんだね」

真澄は家族に犬を連れて帰ると伝えたが、夢丸を引き取る事は諦めた。そうなると一つ枠が空く形になる。代わりに仔犬を連れて帰ると決めた。

真澄は柵まで歩み寄り、膝《ひざ》をつき、閉ざされた向こうの夢丸に告げた。

「私は君の代わりに仔犬を育てる。絶対に大事に育てる。だから任せて」

そんな真澄の想いは夢丸に伝わるのか、中武も息を飲んで見守った。

真澄は少し悩んで、三匹の中から一番大人しそうな仔犬を選んだ。

仔犬を抱きかかえながら、真澄は檻の中の夢丸と目を合わせた。

(頼むぞ)

真澄は夢丸から、そう言われた気がした。

「任せて」

真澄は応えた。見守る中武の心も震えた。

命に係わる仕事を請け負う者としての責任を再認識させられた。

そして、夢丸が収容室に来て五日目。いよいよ最後の朝が来た。

「今朝は少し寝不足です」

偶然にも今日の殺処分担当となる中武は、それだけを呟いた。

『殺処分《さつしょぶん》される犬への感情移入はご法度《はっと》』それが暗黙《あんもく》の了解である。

（中武はこの犬に入り込み過ぎたかもしれない）

そう判断した上司は、やむなく交代を求めたが、中武は頑《がん》として受け入れず、そのまま担当した。

そして時は冷静に刻まれ、執行《しっこう》の時間となる。

中武の震える指が収容室の扉が開くボタンを押し、扉が開く。食事の時間と勘違《かんちが》いした仔犬二匹が真っ先に飛び出した。ところがそこに食べ物はない。

いつもとは違う気配を夢丸はすでに察している。

最後に老犬のレトリバーが部屋を出た所で、扉はガタンと閉まる。

あのシベリアンハスキーはいなかった。

さすがにどの犬も只事でない事態に気付き、おろおろと動揺する。更にそこへ壁がガタゴトと音をさせ、追い詰めるように迫って来たので、パニックを起こし、部屋中を走り廻《まわ》りだした。

中武は、斜めに傾いた壁を動かし、全ての犬を次の部屋の『処分室』へ送る『追い込み器』の作動ボタンを押した。

出来る限り犬たちに苦痛は与えたくない。制御《せいぎょ》を慎重に行うが、それでもわずかにギギギと機械音、軋《きし》み音が鳴る。その音がどれくらい犬たちに威圧《いあつ》を与えるのか人間にはわからない。

旅行の代わりに捨てられたビーグル犬は、その場に震えてへたり込み、動けなくなったが、『動く壁』はそんな犬も容赦《ようしゃ》なく追い込んで行く。

夢丸は仔犬を守る為に奮闘《ふんとう》する。

驚き、逃げ回る仔犬たちとはぐれた。夢丸はわずかに聞こえる怯える鳴き声を頼りに犬と犬の間をかき分け、二匹とも見つけて抱きかかえると、仔犬は身体を震わせながら必死でしがみついてきた。夢丸は最後の声をかけた。

「大丈夫、俺がついてる」

夢丸にしがみつく仔犬の様子が管理棟《かんりとう》のモニターに映る。

(夢丸……お前……)

ごくりと息を飲み、震える中武の指が最後のボタンを押す。

部屋に白いガスが注入されると、モニターは曇り、だんだん見えなくなる。

パニックを起こして走り回る犬たちのすき間から、まだ仔犬を抱きかかえる夢丸の姿がちらりと映った。それが中武が見た最後の映像だった。

注入された白いガスは空気より重い。まず部屋の下の方へ流れていく。身体が小さく、床に近い仔犬たちから息絶えていく。

自分の胸に寄り添う小さな命の途絶える喪失感《そうしつかん》に、ここまで気丈に振るまってきた夢丸の緊張の糸がぷっつりと切れた。

そして襲《おそ》い掛かる経験のない呼吸困難。バタバタと倒れる周りの犬たち。

夢丸でさえも『極限の恐怖』に追い込まれ、そして息絶えた。

暗い暗い闇が夢丸を待ち構えていた。

そこは魂《たましい》がサマヨイとなる入口だ。死んだ犬の亡骸《なきがら》から抜け出た魂《たましい》が次々と、吸い込まれるように暗い暗い闇《やみ》へと向かって行く。

（あっちに行っちゃダメだ）

夢丸はかろうじてこらえた。佳代からたっぷりの愛情を受けた夢丸には、そこが行ってはいけない所とわかる。だが、そこに忍び寄る黒い影。

「オマエモ……コッチヘコイ」

見るからに邪悪《じゃあく》な気を吐きだす黒い霊魂《れいこん》が、夢丸に近寄り囁《ささや》いて来た。

「わぁぁぁっ、来るな‼」

夢丸は無我夢中で逃げた。だが夢丸が向かった先は暗い暗い闇《やみ》の方。

このままでは夢丸はサマヨイとなるだろう。

その時、どこからか聞こえてきた叫び声。

（（（**夢丸、ダメ‼**）））

同時に、脚にパシリと走る鋭い痛み。

けれど、それは懐《なつ》かしい痛み。佳代から躾《しつけ》をされた時の痛み。

佳代は天界から夢丸の身を案じ、一手を放ったのだ。

ハッと我に返る夢丸。

急ぎ、暗い暗い闇《やみ》の中を駆け回り先に死んだ仔犬の魂《たましい》を探す。だが、見つけた時、その魂はサマヨイになりかけ、青灰色に染まりだしている。

夢丸は一匹は首根っこで咥え、もう一匹は無理やり鼻先で押し出し、寸前のところで仔犬を二匹とも暗い暗い闇《やみ》から救い出した。

今日の殺処分を終えた中武は、最後の後片付けに入る前、処理室の扉の前で一度だけ深い深呼吸をした。重い扉を開け、静かに処理室に入る。そこにいる夢丸の姿が真っ先に目に飛び込んで来た。

夢丸の胸の中には、仔犬二匹の亡骸《なきがら》が抱えられていた。

中武は無言で全ての作業を終え、管理棟に戻ると、外に待っている人がいると告げられる。良治だった。

良治は両手で帽子を握りしめ、不安そうな面持ちで待っていた。中武を見つけると、何か言いたげだが、言葉が見つからず「あの……」とだけ言った。

中武は静かに微笑んで良治に告げた。

「夢丸は最後まで夢丸でした。立派に仔犬を守り抜きましたよ」

それを聞いた良治は持っていた帽子で顔を隠し、おいおいと泣いた。そしてひとしきり泣いた後に良治の上げた顔は少しだけ誇らしげだった。

「あいつぁ、昔っから、そういう奴なんですよ」

良治が帰った後、中武はもう一人にも伝えようと思った。

『犬キューピット倶楽部』の真澄だ。

電話で一報《いっぽう》を入れた。

夢丸の最後の様子を聞いた後、受話器の向こうから聞こえてきたのは、嗚咽《おえつ》だけだった。

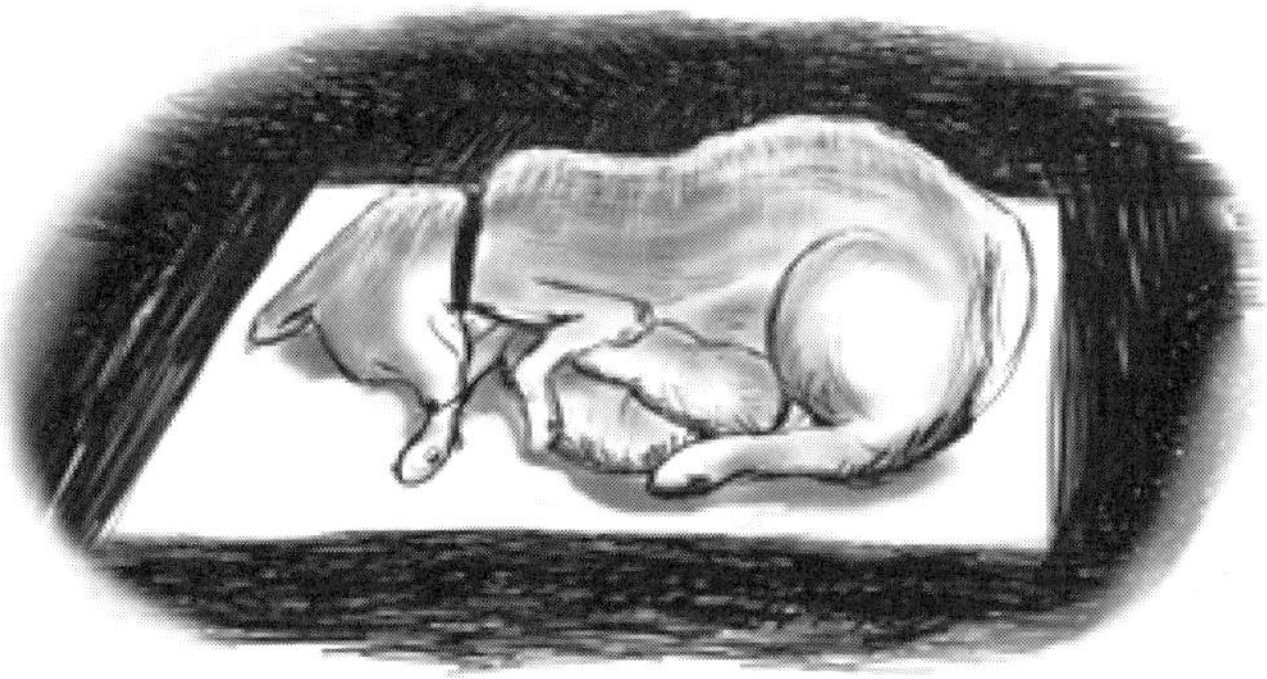

三　四つの心

死後の世界である。

夢丸と二匹の仔犬は連れ立って『白い白い世界』を旅している。

前も後も上も下も真っ白だけど、そこに一点だけひときわ輝く光がある。

「ほら、あれを目指すぞ。あれが天界の入り口だ」

夢丸が仔犬たちに教えた。これは本能で知っている事だ。ここは天界へ行く前に、生前の思い出を振り返るところ。もう一度、行ってみたいと思うと、白い白い世界にその場所が浮かび上がってくる。

夢丸と仔犬は、真澄に引き取られた兄弟犬たちに会いに行くと、ちょうど兄弟犬たちは、優しそうな人たちに躾《しつけ》をされている最中だった。

「運命別れちまったな」

夢丸は目の前の仔犬二匹に同情して思わず呟《つぶや》いた。

「僕は夢丸がいるからいいよ」「私も」

健気な仔犬たちは嫉妬《しっと》する事なく、じゃれて甘えてきたので夢丸は安心して天界である輝く光を目指すことができた。だが道中、奇妙なものに遭遇《そうぐう》する。

「夢丸、あれみて！　変なのがいる」

仔犬が示したその先にはいたのは、漂う青灰色の魂《たましい》だった。そっちに向かおうとする仔犬を夢丸はあわてて両脚で抑えて止めた。

「近寄るな。あれは『**サマヨイ**』だ。関わると災いを招くって噂《うわさ》だぞ」

「怖い。でもそれなに？」

「生きてる時に愛情をもらえず、天界への行き方がわからない魂《たましい》だ」

「えぇっ‼　かわいそう」

（おいおい、一歩間違えたらお前さんたちも同じだったぞ）

夢丸は少し呆《あき》れながらも、心底救いだせて良かったと胸をなで下ろす。

そのままどんどん進むたび、輝く白い光もどんどん大きくなっていき、夢丸と仔犬を、鮮《あざ》やかな色彩で彩《いろど》られた光が包みこんだ。人間でいう虹の光彩《こうさい》である。そこを潜《くぐ》り抜けた先が天界の入り口だ。喜び勇んで飛び込んでいく仔犬たち。

それを見送る夢丸を、ふいに呼び止める声。

「おーい、夢丸!!」

驚いて振り返ると、そこにちょっと変わった犬がいた。

犬種は丸顔で鼻先は短め、毛がもふもふしてる温厚な笑顔が印象的な雑種で、姿こそまぎれもなく犬ではあるけれど、人間のように二本足で立ち、白い服を着て、背中に鳥のような羽が生えている。見覚えはない犬だが、なぜか懐《なつ》かしい気持ちになった。

その犬は感極まりながら、夢丸に近寄り、思い切り抱きしめてきた。

「ありがとう……ありがとう」

そう何度も繰り返した。けれど夢丸には何のことかわからない。

「佳代さんを看取《みと》ってくれて、本当にありがとう。僕は吉丸だ」

それを聞き、夢丸は（あぁ）と納得した。

佳代が前にそんな名の犬を飼っていたと言っていた記憶がある。

吉丸は、自分の姿を怪訝《けげん》そうにうかがう夢丸に気付いた。

「あぁ、これかい。これは犬キューピットの姿だよ」

(これもどこかで覚えがあるぞ……)と夢丸が記憶をたどると、すぐに真澄を思い出した。あの時、妙に気になったシャツの絵と言葉だ。

「犬キューピットてのはね、犬と人の幸せな暮らしの為に密《ひそ》かに働く、立派な精霊なのさ。恩に着せるわけじゃないけど、嵐の中、君を佳代さんの所まで案内したのは、何を隠そう、この僕さ」

「えっ‼」

夢丸に驚きと同時に大きな大きな感謝の気持ちが沸き上がる。

「あの嵐の中を佳代さんちまで誘導するのはひやひやだったよ」

(そうか……それであの時は妙に勘が冴えたのか……)

何度も濁流《だくりゅう》にのまれそうになりながらも、その度に勘が冴え、危険を回避《かいひ》できたわけがわかった。となるともう一つ気になる事がある。

「もしかして、飢え死にしかけた俺を生かしたのもあなたですか？」

うなずき、返答をした吉丸の顔には、罪悪感《ざいあくかん》の影が少しある。

「君はつらい思いをさせてしまった。でも、知っておいてほしかったんだ。この世にはまだ、あんな過酷な状況で死んでいく犬たちがたくさんいる事を」

「俺に……なぜ？」

「勘の良い君なら『慈愛《じあい》』と『希望《きぼう》』。そして『憎悪《ぞうお》』と『絶望《ぜつぼう》』。人間のこの四つの心を理解できると思ったから。そして犬キューピットになってほしい」

確かに今の夢丸は、人間のその「四つ心」を理解している。

『慈愛』と『希望』は佳代から学んだ。そして……

『憎悪』と『絶望』は処分室で一緒に死んだ犬たちから教わった。

「犬キューピットは人から愛情をうければどんな犬でもなれる。けれど凄腕《すごうで》になれるのは別。『四つの心』を理解できる犬だけだ。今、犬と人の関係はバランスは大きく崩れ『種の起源《きげん》の犬』は憂《うれ》いでいる。夢丸、力を貸してくれ」

夢丸は迷うことなく犬キューピットになる。

自分を佳代の所に連れて行ってくれた吉丸に大きな恩を感じていたし、その吉丸の思惑《おもわく》どうり、処分室で一緒に死んだ犬たちの姿を目の当たりにした以上、もう後に引く道理《どうり》はない。

哀れな犬が一匹でも減らす事ができるなら、何でもやる決意だった。

天界には一歩も入らず、佳代にも会わなかった。

もちろん会いたい。当然、吉丸は「一目だけでも会っておきな」と反対したが、夢丸の決意は変わらなかった。保健所で一緒に死んだ犬たちが抱えた『憂い《うれい》』を同じく抱えたままでいるべき。そう感じたからだ。

犬キューピットの基本の仕事は犬と人の相性のいい結び付け。

良い相性の見極め方は『オーラの色』が重要となる。犬キューピットになる事でより鮮明《せんめい》に見えるようになった『オーラの色』で犬と人をを見比べ、近い色同士の結びつけが、やはり成功の近道だ。

ターゲットを見つけたら、その人を誘導《ゆうどう》して犬との出会いを演出するのだが、それにはある道具を使う。それは『**念の矢**』。

この矢に、してほしい行動の念を込め、矢を射る。すると矢が当たった人はその込められた念の通りの行動を行うのだ。

とはいえ、何でも思い通りに動いてくれるわけではない。

その人がいつも考えている事や、思っている事を刺激《しげき》させる事くらいしか出来ず、微弱《びじゃく》だ。ゆえに誘導には『言葉の感性』が求められる。

初仕事として夢丸は、吉丸にホームセンターの一角にあるペットコーナーに連れて来られた。

「まずはここで相性の良い犬と人を探してごらん」

吉丸に言われ、夢丸はざっと犬を眺《なが》める。ここには縦三段、横五列と十五戸ある檻に一匹ずつ仔犬がいた。まずはこの仔犬たちの『オーラの色』を覚えておく。続き、相性のよさそうな人選を行う。

夢丸はふわりと浮き、広い店内をぐるぐる回りお客さんを観察していると、文房具を買いに来ている両親と小学生の娘の三人家族に目が留まった。

あれこれとはしゃぎ文具を選ぶ母娘の横で、お父さんはその輪に加われず、ちょっと寂しそうに暇《ひま》を持て余し気味だ。

夢丸は『念の矢』を取り出して初めての念を込めた。


（《《犬でも見よう》》）


夢丸の持つ矢の矢尻《やじり》が光る。これが念が入った証だ。

矢が当たったお父さんは、ふらふらと犬のいる方向へ歩き出した。そして、犬を見つけると、ぽっとオーラに桃色が加わった。これは喜んでいる証。

お父さんは腕組みをして遠くから見たり、近づいて顔をガラスぎりぎりまで寄せたりして、微笑みを隠さず、全部の犬を眺《なが》めている。もう夢丸にはこのお父さんがどの犬に心惹《ひ》かれているのかわかっている。

お父さんは黒い柴犬の檻《おり》の前でぴたり足を止めると、ガラス越しの犬を見つめて微笑んだ。お互いにオーラの色の相性はいい。夢丸は弓を構《かま》え、念を込める。そしてお父さんと柴犬の目があった瞬間を狙い矢を放つ。

（《《運命の犬》》）

「お父さん、こんな所にいたの。まぁ可愛い」

探しにきたお母さんと娘も犬たちを見て興奮した。

「おい、この犬、飼うぞ!!」

お父さんの突然の宣言に、母と娘は顔を見合わせ目を白黒させた。

「いきなりどうしたの？」

「俺はこの犬に運命を感じた!!」

その一言が決め手だが、もともと犬好きの家族だ。めでたくみんなに迎えられた。この黒の柴犬の仔犬は幸せに暮らせるだろう。

目を白黒させたのは母娘だけでなく、吉丸も同様だった。

「え、もう決めたの……は、早い!!　やはり君がセンスがいい」

吉丸は夢丸を手放しで褒《ほ》めたたえたが、夢丸にはまるで喜んでいる様子ない。むしろ、悲壮感《ひそうかん》すら漂《ただよ》わせていた。吉丸はたずねた。

「嬉《うれ》しくないのかい？」

「この犬と、あの収容室の犬たち。何が違うというのか……」

「……そうだね」

吉丸は（夢丸はきっと凄腕《すごうで》になる）と感じた自分の見立てを確信した。

夢丸はすぐに頭角《とうかく》を現した。

平凡な犬キューピット達はすぐに『十組、二十組』だとカップリング数を競いがちだが、その基準だけで比べると、夢丸の数はごくごく平凡だ。

夢丸がこだわるのは数ではなかった。

『絶体絶命の犬の救出』や『悪質な人間からの回避《かいひ》』に力を注いだ。

これはペットショップで背中を押すのとはわけが違う。うんと高い技量や忍耐力を必要とするが成果数はこなせない。よってこの手の仕事をやりたがる犬キューピットは実は少ない。

けれど、わかる犬にはわかるようで、そんな夢丸の凄みは噂《うわさ》となりだし、この近辺《きんぺん》の犬キューピットに一目置かれる存在となった。

「うちの群れに入ってくれないか。一緒に仕事してみたいんだ」

そんな誘いをしてくる犬キューピットも最初は少なくなかったが、夢丸は犬にしては珍しく群れる事を嫌がり、拒《こば》み続けた。夢丸にはある程度話すと（こいつは忍耐力がねぇ）とか（こいつは成果数にこだわりだす）と思惑《おもわく》が透《す》けて見えてしまうので関わるのが面倒だった。

特に苦手な奴は『小野寺優子』という、元婦警で、有名な保護犬活動家についている警察犬あがりの犬キューピット『アイアン』だ。

「君は凄腕らしいな。一度、お手並み拝見させてくれ」

そんな誘いをかけてくる。こいつの実力は本物で、群れは統率が取れ素晴らしい。だが、その素晴らしさが、野良犬あがりの夢丸には窮屈《きゅうくつ》でうっとうしい。

それにもともと、独立心が強いのに加え、飼い主の佳

代の口癖の『一身独立《いっしんどくりつ》』の影響もあるのかもしれない。

犬キューピットとして活動するうち、数々のサマヨイや呪犬も目にした。

呪犬たちの目の色が忘れられない。彼らの目は一様に光を失っていた。


そんな夢丸にある日、吉丸が一匹の白い犬キューピットを連れてきた。

「しばらくこいつの面倒を見てくれないか」

怪訝《けげん》な面持《おもも》ちの夢丸に、吉丸は遠慮《えんりょ》なく頼んできた。

その白い犬キューピットは気難しい夢丸に臆《おく》することなく、ぺこりと頭を下げ、鋭い好奇心に満ちた目を向けて自己紹介をした。

「マリです。よろしくお願いします」

「いや、ちょっと待て。吉丸、どういうこと？」

群れるのが苦手な夢丸にとって、それはお荷物でしかない。

「この子は筋がいいが、人の誘導の所でちょっと伸び悩んでいる。君の誘導のやり方を見せてやってほしいんだ」

大恩ある吉丸の頼みとなれば、さすがの夢丸もあっさりとは断れない。にこりともせず、射貫《いぬ》く様な目を自分に向けるマリに質問をしてみた。

「何で俺の所なんかに来たんだ。苦労ばかりで良い事なんてねぇぞ」

「私は本気で哀れな犬を助けたい。だから来た」

(ほう、少しはましな奴が来たな)

今までの興味本位で近づいて来た奴らと、この白い犬はちょっと違う気がした。そう判断した夢丸は、困惑しながらも、白い犬キューピットのマリと一緒に行動する事にした。

数日後、夢丸はとある高級住宅街の一軒家に飼われている一匹の犬を見せようと、マリを連れて行った。

犬種はミニチュアダックスフンド。まだ生後四か月の仔犬。

「あの犬の名前はネロ。今、俺が目をつけている犬だ。お前にはあの犬の抱え

ている哀しみはわかるか？」

夢丸の質問にマリは目を凝らしてネロを観察する。オーラの色の観察力はマリもなかなかのもので、すぐにネロの問題点を見抜いた。

「生まれつき心臓が悪い。可哀そうだけど、いつ死んでもおかしくない」

「そうだ。それから？」

「えっ、それから……えーと」

「俺がこの犬を本当に哀れんでるのはそこじゃない」

夢丸から軽くいなされ、動揺しながらマリは必死で観察を続けたが、その答えはわからなかった。

「問題は、飼い主だ」

マリはハッとして振り返ると、ちょうどそこに飼い主はいた。

高級住宅街にふさわしい綺麗《きれい》な容姿と身なりの三十代の御夫人。だが、綺麗な容姿とは裏腹に溢《あふ》れるオーラを見てマリも気後れした。燃えるような赤と黒が濁流《だくりゅう》のように激しく入り交ざる。自己顕示欲《じこけんじよく》の最優先主義。当然、心から犬を愛する要素は限りなく少ない。

「あの女が犬を飼う理由はただ一つ『周りへの自慢の道具』だけ。ご近所の皆が競うように犬を飼うから、負けじと飼ったにすぎない。犬への関心と言えば、他の犬より、自分の犬が上だ下だの順位着け。そんな飼い主のもとでも運よく寿命を全うできる犬もいるが、ネロのような先天性の病気を抱えた犬にはそれはありえない。ゴミのように捨てられる」

ごくりと息を飲むマリに向かい夢丸は告げる。

「ネロを新しい飼い主の元へ連れて行く」

いったい夢丸が何を企んでいるのかマリには見当もつかない。

「少し辛いが勘弁《かんべん》しろよ」

そう言って夢丸は集中させた気を無造作に立てかけられた掃除機にぶつけると、掃除機は倒れ、バシャーンと大きな音を部屋に響かせた。

これに驚いたネロの身体に異変が起きた。もともと弱い心臓がひきつけを起こし、しゃっくりの発作をおこして、苦しみだした。

「あらやだ、何これ？」

ネロの異常を見つけた飼い主は、眉間にしわを寄せ、嫌な顔をすると、仕方なくネロを病院に連れて行く。

「この犬は先天性の心臓病を抱えてますね」

これがその病院で受けたネロの診断結果だった。

「嘘《うそ》でしょう‼　これ、幾《いく》らしたと思ってるの。欠陥商品《けっかんしょうひん》じゃない」

飼い主が発した心無い言葉。暴言はさらに続く。

「ほんと忌々《いまいま》しい‼　返品しなくちゃ」

とても命あるものにかけられる言葉ではない。

怒りで動揺《どうよう》するマリ。だが、夢丸は落ち着いている。

「ネロにはたとえ、時間は短くても、本当に愛情のある飼い主と接してほしいと俺も思っている。もう人選も終えている」

夢丸が選んだその人の名は**杉原《すぎはら》りんね**。一年生の女子高生。

四　運命の犬

近頃、りんねの頭の中は『一匹の犬』の事でいっぱいになっている。

ではその犬とはいったいどんな犬でしょうか？

可笑《おか》しな事に、その犬はどんな犬なのか、りんねにもわからない。

さかのぼればりんねは、幼い時から誕生日に「何がほしい？」と聞かれれば、迷わず「犬が欲しい‼」とお願いする根っからの犬好きだけれども、当時住んでいたのはペット禁止のマンションでそれは叶わぬ夢だった。

けれども、りんねの高校入学を待ち、お父さんの実家近くに建てた一軒家のおかげで、ついに念願の『犬解禁』となった。

ところが、いざ犬を決めるとなると、そう簡単にはいかない。

待ちに待ちすぎて願望が現実を超えてしまったのかもしれない。何度もペットショップに通うが、二か月経ってもまだ犬は決まらない。

『運命の犬』

これがりんねの頭の中をいっぱいにしている犬の正体だ。

「りんね、それって犬バージョンの『白馬の王子さま症候群《しょうこうぐん》』じゃん。ヤバイって、いつまでもそんな事言ってたら、ずっと犬を飼えないし、きっと絶好の婚期も逃すぞ!!」

「げっ、マジ、それっ!!」

そんな脅しでりんねを青ざめさせたのは親友の藍子《あいこ》だ。

藍子とりんねは保育園の最初の組で席が隣に同士になって以来の長い長い付き合いで、家までは歩いて三分。小さな小学校だったので運よくずっと同じクラス。中学校でも同じ剣道部で、ほぼ毎日一緒の生活。

ある年、几帳面な藍子のメモ帳で日々の生活を調べると、年間三二四日も行動を共にしており、「これはもはや姉妹」と驚き合ったこともあった。

けれども最近、この関係に距離があく危機があった。

当然、りんねの新居のせいだ。お父さんの実家付近に建てられた新居は電車の乗り継ぎがいるほど離れた所になる。もちろんスマホでいつでも連絡は取れるけれど、きっと今までのような密着感は薄れる。

と思いきや、めでたく高校も同じ志望校へ合格。同じ剣道部へ入部。また姉妹のような生活が出来ると抱き合って喜んだものだ。

「私はりんねが保育園の頃からずっと『犬が飼いたい』って聞かされ続けてますからね。だから、りんねの犬は私の犬ってくらいすごく楽しみなのに」

「でも『運命の犬』はきっといる。だって藍子は『運命の友』だから」

「りんね、愛してるわ‼」

こんなりんねは藍子にとってもかけがえのない存在だ。


さて、このりんねの犬バージョン『白馬の王子さま症候群』には訳がある。

むろん、夢丸が（《《**運命の犬を待て**》》）と誘導していたのだ。

そして、ついにその時は来た。

りんね達が通う高校は街はずれにあり、単線のローカル線に乗って通っている。部活を終えたりんねと藍子は、いつものように連れ立って五百メートルほど先の駅まで歩いている途中のことである。

（《《**運命の犬が待っている**》》）

りんねに突然の閃きが降臨《こうりん》した。

「あっ来る!!」

突然、立ち止まるりんね。そして藍子に向かって言った。

「きっと今日『運命の犬』に会える……そんな気がする。私、ペット屋に寄ってくから、先に帰ってて」

「ちょっとりんね。それ、マジで言ってんの……」

藍子の返答には怒気《どき》がこもっている。

「また『不思議ちゃん』って思われるかもしれないけど、そんな気がする」

「違う!!　私が怒ってるのはそこじゃない!!　そんな大事な『運命の犬』の出会いの時に、なぜ『運命の友』を置き去りにする!!」

ハッとしたりんねは、にこりと微笑むと藍子の手を握って駆け出した。

「行くぞ!!　待ってろ!!　運命の犬!!」

「おう!!」

走って駅に着くと、ちょうど電車が来たところ。息を弾《はず》ませて二人は電車に飛び乗った。わくわくが止まらない。

「で、どこのペットショップに行くの？」

二人が学校からの帰り道に寄れることが出来るペットショップは三件ある。

「う〜ん」

（《《**サンクチュアリ**》》）

少し悩んだりんねに、またしても閃《ひらめ》きが降臨《こうりん》した。

「サンクチュアリに行く」

「へぇ、意外……」

藍子はちょっと驚いた。そこは店舗《てんぽ》は新しく綺麗でお洒落《しゃれ》な店だけど、りんねは常々「営利優先な気がして好きじゃない」と言ってた店だからだ。

けれど、それがかえって何かを感じさせ、藍子もその気になって来た。

二駅目で降り、歩いて十五分の所にその店はある。

店に近づくとりんねの足取りは緊張で慎重になる。一歩づつ噛みしめるように前に進む。まるで美容室のような『サンクチュアリ』の店舗が見えると緊張はさらに高まる。駐車場には高級車。ガラス越しに見える綺麗《きれい》に着飾った店員。完璧だ。その完璧さが苦手だったはず。

(なんでここに来たのかな……)

不思議な心持ちで店に入ると、そこにいる三段四列の計十二匹の仔犬たちと一匹づつ丁寧《ていねい》に向き合った。

チワワ、ミニチュアダックスフンド、パピヨン、柴犬。どれもみんな可愛い仔犬たち。けれどもさっき感じたような閃《ひらめ》きは降臨《こうりん》してこない。

「……」

りんねは小首をかしげて悩んだ。

「珍しいね。りんねの不思議ちゃんモードが不発なんて」

りんねは一般常識よりも、感性で動くタイプ。楽しそうな事を直感で探し出して来て、それがまたよく当たる。けれど今日はどうやら不発のようだ。

「まぁそんな事もあるって。きっとこっちはダミー。次、行ってみよう‼」

藍子の提案にりんねも納得して店を出る事にした。

その時である。

バンと激しく扉が開き、仔犬を抱いた御夫人が店に入って来た。

「ちょっと、これ、どういう事‼　説明しなさい」

ご婦人は怒り心頭で、動揺する店員に詰め寄った。

「この犬ときたら、どうも様子がおかしいから病院に連れて行ったら、なんでも先天性の心臓病を抱えてると言われたわ。こんな『欠陥品』売りつけて酷いじゃない‼」

（欠陥品……）

およそ命あるものにかけられる言葉ではない。それを目の前で聞いたりんねの胸のうちに、ふつふつと熱い感情が込みあがって来ている。

ご婦人は怒りそのままに抱いていた仔犬をレジ台の上に投げ捨てた。驚いた仔犬の身体に異変が起こる。ぐぐっと『くの字』に曲がり、激しい痙攣《けいれん》がおる。息を飲み見守るりんね。

だが、飼い主の御夫人は苦しむ仔犬を目に前にしても、顔色一つ変えず、むしろほくそ笑んで言い放った。

「ほら、ごらんなさい」

りんねの胸にカッと熱い怒りがこみ上げるが、まだ自分は『関係ない人』という気持ちに勝てず、身体は固まり、一歩が踏み出せない。

（《《**行け‼**》》）

その時、突然の強い不思議な閃きが背中を押し、気付けばりんねは飛び出して、御夫人と仔犬の間に割って出ていた。

「待って下さい、この犬、死んじゃいます‼」

そして懸命《けんめい》に仔犬の背中をさすり、介抱《かいほう》を行うと、御婦人はそんなりんねの行動が鼻についたようで、キッとにらみつけ説教を行った。

「ちょっと、それじゃあ、まるで私が悪者じゃない。あのね、まだあなたみたいな子供には判らないだろうけど、商売はね、甘くみちゃ駄目なの……」

熱く語る御夫人の説教をりんねは無視した。

というより、耳に入ってない。手の平から伝わる仔犬の背中の小刻みな震えと、小さな心臓から伝わる鼓動が全ての感覚だった。

しばらくすると、仔犬の容態は落ち着きを取り戻した。

「ああ、良かった」

ほっとしたりんねが顔をあげると、周りはちょっとした人だかりが出来ていて、人目を気にした御夫人の姿はなかった。

そうなると、りんねはこの仔犬のその後が気になる。

「この犬はどうなりますか。捨てられますか？　殺処分ですか？」

ストレートな質問にたじろく店員の返事はない。じれたりんねは言った。

「この犬を私に下さい!!」

慌てて裏から駆け付けた店長らしき男性が、りんねを裏口から店の外に連れ出した。

「その犬あげるから、騒ぎにしないで」

それだけ言って、店に消えた。

藍子が急いで追いかけて来ると、りんねは仔犬を抱えて呆然《ぼうぜん》と突っ立っている。

二人で目を丸くして見合わせた。

「りんね……」

「藍子……ほんとに会っちゃった。運命の犬」

「うん」

奇跡の出会いに立ち会えた藍子も興奮を抑えれない。「わぁ」と叫び、仔犬ごとりんねと抱き合った。その後、りんねは仔犬の首輪にある名札に気付く。

「ＮＥＲＯ」と刻印がある。

「君はネロというのか。ネロ」

何気に仔犬に呼びかけるりんねに、藍子にはふと疑問がわく。

「犬の名前、自分でつけなくていいの？」

自分で気に入った名前をつけた方が愛着がわくのに、と思ったのだ。

「え、別にいいよ。コロコロ替えられたら可哀そうじゃん」

そうなのだ。りんねは小さな事は気にしない人だった。

まぁそんな所も、藍子がりんねを好きなところだ。

さて、帰ろうと駅に向かったけれど、犬を連れて電車には乗れない事に気付いて慌ててお母さんに迎えに来てもらう事にした。迎えに来たお母さんは驚きつつも、藍子が熱く語るりんねのとった行動に感動して誇らしげだ。

人も、犬も、みんな幸せに包まれている。


もちろんこの出会いを仕組んだのは夢丸で、マリと共にその様子をずっと見守っていた。

「さすがです」

マリは幸福な結果に興奮したけれど、夢丸はにこりともしない。

「うれしくないんですか?」

「まぁな……一緒にいられる時間は長くない。犬の方はともかく、あのお嬢さんには辛い思いをさせるだけかもしれない」

「でも、素晴らしい出会いです。あのままならネロはサマヨイになっていた」

「言われるまでもねぇ。それゆえに手間とリスクをかけて出合わせた」

夢丸は、さて仕事は一区切りと判断してマリに告げた。

「少しは参考になったか？　そろそろ一人にしてくれ」

「嫌です。話がそういう事なら、ネロを最後まで見届けます」

きっぱり断るマリに、夢丸は（めんどくせぇ奴と関わっちまったなぁ）とぼやきつつも、その度に吉丸の温厚な笑顔がちらつき、どうしても断りきれない。

あきらめてマリの気の済むまで付き合う事にした。


ついにりんねの幼少からの夢、『犬との生活』はステキな運命の出会いに導かれてスタートした。

その夜。帰宅したお父さんは、あえて黙っておき驚かせようと企んだりんねとお母さんに、まんまと驚かされた。

「えっ、何で犬がいるの!!　えっ……僕に内緒で買ったの」

動揺するお父さんをりんねとお母さんはゲラゲラ笑い、「ちがうわよ」と今日の出来事を話すと、お父さんは少し潤んだ目でりんねをほめた。

「お前、そこで飛び出したのか。立派だ」

「ちょっとあなた、泣いてる？」

「馬鹿いえ。泣いてねぇよ」

そんな感じでネロはめでたく家族全員に受け入れられた。

ところが、肝心のネロはなかなか心を開いてくれない。人間に対する不信感を抱いてしまっているから無理もない。誰に抱かれても小刻みに身体を震わせ、上目遣《うわめづか》いで様子をうかがうだけだ。

「大丈夫だよ」とりんねは何度も声をかけても、背中をさすっても、ネロは心を開いてくれない。寂しそうなりんねにお母さんは声をかける。

「りんね、焦りは禁物よ」

「うん、わかってる」

ネロはりんねの腕から降りると、逃げるように部屋の隅へ行き、用意したカゴに入ることもなく、丸くなりじっとしている。

そんな硬直状況が一気に解きほぐれたのは、三日後の事だ。

その日、剣道部の練習から帰って来たりんねは、近いうちに行われる試合のため、家でも自主的に竹刀を振る事にした。

「ネロ、これ見て。カッコいいでしょ」

りんねは取り出した竹刀を構えて、集中すると「えいっ」と一振り。

とはいえ、ネロはこんなのに興味ないと思ってけれど、意外にも興味を示し、恐る恐る近づくと小首をかしげてりんねの仕草に魅入っている。

「お前をいつでも守ってあげるからね」

りんねがネロに向かい、そう力強く宣言すると、再び「えいっ」と竹刀を振る。本気でネロを守るつもりで振る。ネロが魅入っているのは、そんなりんねからあふれ出る彩とりどりの美しいオーラだった。

「どう？　カッコいいでしょ!!」

りんねがカラカラ笑って自慢すると、ネロは警戒を解き、軽く尻尾を振り、りんねに好意を示したように見えた。そこで思い切って言ってみた。

「ネロ、おいで」

りんねはけっして無理強《むりじ》いはしまいと心に決め、しゃがんでネロの目の前に自分の手を差し出した。

「おいで」

りんねはもう一度、ネロに呼びかけた。

その時、（うわぁぁっ、奇跡が起きた）とりんねの心が震えた。ネロは恐る恐る一歩を踏み出し、りんねの手をぺろぺろと舐《な》めたのだ。りんねは思わず抱きしめたくなるのをぐっとこらえて待つ。するとネロの心の鍵が解かれたのか、心許してりんねの手に頭をすり寄せてきたのだ。

「くうぅぅ」

もう我慢できない。りんねは感動の身震いし、意味不明の声を上げ、思い切ってネロを抱きかかえた。その腕の中のネロの身体は昨日までとは違う。硬直していた身体は完全にリラックスして柔らかい。心身を全部預け、心を許している意志をつぶらな瞳で伝えて来た。

一度、心許せばそこからは早かった。それからはりんねにべったりだ。りんねが帰宅をすれば、ドアノブのガチャという音を聞くやいなや、玄関まですっ飛んで行き、尻尾を力いっぱい振ってお迎えをする。

それが楽しくて、りんねは恒例の道草をきっぱりやめてしまった。

夜は夜で、お父さんが一生懸命にネロの気を惹こうと頑張っても、りんねがベットを整え、寝る気配に気づくと、お父さんを置き去りにして、トコトコ階段を上り、りんねの部屋の前まで一直線。扉をガリガリ引っ掻《か》いて「開けろ、開けろ」と催促《さいそく》する。りんねが扉を開ければ、すかさずベットに向かい、器用に飛び乗ると、ひっくり返って「早く一緒に寝ようよ」とお待ちかね。

（可愛いぃぃぃぃ）とりんねは心で叫ぶ日々。

そんなネロと暮らす『犬ライフ』は想像以上の素晴らしいものでした。

五　新しい力

そして、近ごろなぜか『犬ライフ』に変化が起きている人がもう一人。

『犬キューピット倶楽部』の真澄だ。

捨てられた犬や猫を救う保護犬の会『犬キューピット倶楽部』は、今年創設七年目を迎えた。本拠地は普通はペットを連れては入れない飲食店に、堂々と連れて入れる事が出来るフレンドリーペットバルの『ソリオン』だ。

その店は真澄が通う大学から徒歩三分の所にある。初めてその店に行ったのは、入学直後の事、友達の急用で待ちぼうけを食ったので、何でもいいから食べようと、吸い込まれるように入店したにすぎないが、中に入って驚いた。

いきなり茶色のかたまりが足元にまとわりついて来たからだ。その正体は犬のトイプードル。飲食店の中に犬がいるなんて思いも寄らない。

「ピカ、だめ!!」

その犬を諫《いさ》める声。店の隅の席に五人、皆、犬を連れている品の良いマダムの輪があり、その中の一人があわてて真澄のほうに飛んできた。

「ごめんね。この子、凄い人見知りだから油断してたわ」

ピカと呼ばれる犬が、見知らぬ人にからんだのは本当に珍しかったようで、他のマダム達もざわざわしだした。

「びっくりしたぁ。ピカちゃんが初対面の人の所に行くなんて‼」

「あら、だってこの子、観音様みたいな優しそうな顔してるもの。それでよ」

「ほんとだ。そこの学生さんかしら？」

「あなた犬は大丈夫？　良かったらどうぞ。驚かせたお詫びに奢《おご》ってあげる」

思いがけずマダムの話のタネのおもちゃになったが、只飯にありつけて一食助かった。学生にはありがたい事だ。

ピカと呼ばれた犬の飼い主は谷野さんといい、『ｉｒｕｔｏ』というペットトリミングサロンを経営しているやり手の社長さんだそうで、この会合は『犬キューピット倶楽部』という保護犬サークル活動の集《つど》いでした。

その集いの犬の中、一匹のシュナウザーに目が留まった。シュナウザーは少し前、映画の影響で大人気だった犬種だ。老犬らしい。

「この子は『ジュノ』っていうの。この店の看板犬よ。6月にここのマスターが引き取ったからジューンにちなんでつけられたの」

真澄の視線先に気付いた谷野さんが教えてくれた。

「ジュノは『繁殖犬《はんしょくけん》』だったの」

初めて聞いた言葉だ。

「繁殖犬《はんしょくけん》ってね。『仔犬を産む為だけに飼育される犬』の事。ジュノはここに来る前は檻から一歩も外に出た事はないわ。ひたすら仔犬を産んでは、触れ合うことすらなく奪われるを繰り返し、産めなくなったらあっさり捨てられたのを、私たち『犬キューピット倶楽部』が処分される寸前で保護して、ここのマスターさんが引き取ってくれて助かったのよ」

真澄はごくりと息を飲んだ。

知らない方が楽な世界。でも、目を逸《そ》らしてはいけない世界。

そこに踏み込んだ緊張感に身震いした。

「初め、ジュノは何もかも恐れたわ。可愛い服や美味しいフード、ふかふかのベッドなんて全く未知のもの。普通の犬が大好きな散歩さえ知らなくて、外へ一歩の踏み出す事さえためらうほど。でも、ジュノは人間を怨《うら》まなかった。私たち人間の愛情を受け入れ、求めてくれた」

谷野さんはコースターを真澄に見せた。

ソリオンのロゴが入っている。

「ほら、このロゴにジュノがいるでしょ。この店はジュノの為にマスターが一念発起《いちねんほっき》して独立して出した店なの。愛犬は紛れもない家族。少しでも一緒に居たい。でもまだ日本にはそんな所ってあんまりないでしょ。だったら自分がやっちゃおう‼　って心意気のお店なのよ」

真澄は手を伸ばし、恐る恐るジュノに身体に近づけて

みた。ジュノはくるりとひっくり返り、お腹を見せて真澄に全てを許した。老犬らしい柔らかな体毛が気持ち良い。真っすぐ真澄を見つめ返した。

心になにかが芽生えたのを自覚した。

それを機に真澄の大学生活の一部は犬キューピット倶楽部での保護犬活動になった。とはいってもそんなに熱心ではなく、月に一、二度、ソリオンに顔を出して、食事を奢《おご》ってもらう程度だ。これは谷野さんの方針でもある。

以前の会の活動で、命を預かる重さに心を痛める人が少なからずいたので、犬キューピット倶楽部では『部活動の様に楽しくやろう』と唱えた精神だ。

もともと犬が好きだったし、それくらいならと、ここ犬キューピット倶楽部に関わって二年が過ぎ

ようとしている。おかげでりんねと違い、今までも十分犬と触れ合っていたけれど、近ごろ、何かが変わって来た。

『偶然な出会い』に遭遇《そうぐう》する機会が尋常《じんじょう》でなく増えたのだ。

初めにそう感じたは三か月ほど前の事。自転車で学校へ通う道中、その頃、一軒の店が妙に気になっていた。そこは入り組んだ路地のせいで、赤信号で止まる確率が非常に高い交差点の角にある美容院『ハダトコ』だ。

店舗はレンガ仕立ての壁でそれに似合う観葉植物が植えられ、それらは計算して作り込まれたという感じでなく、どこか自宅っぽくて、見ていると癒《いや》された。ちょうどその頃、真澄は幼少の頃から通っていた美容院から、どこか他のお店に替えてイメチェンをしたかったというものある。

しかし、初めての店に入るのはちょっと勇気がいる。しかも大きな看板が出てないので、ほんとに美容院なのかさえも確信を持てずためらっている。

そんなある日、赤信号で止まったのをきっかけに思い切って入店した。

「いらっしゃい」

対応してくれた男性に真澄は度肝《どぎも》をぬかれた。骨っぽい大柄な体つき、鋭い目付き、そして何より、袖《そで》の下から見える腕には手首までびっしりの入れ墨が彫り込まれている。真澄の美容師の概念《がいねん》とは真逆の人相だ。

「こ、ここって、び、美容院ですか？」

いよいよ美容院の確信がなくなり、思わずこんな質問をしてしまった。

「美容院ですよ‼」

店の奥から、真澄の動揺を察した女性が急いで出てきて笑いながら応えてくれた。その女性が綺麗《きれい》だったのでギャップに驚いた。まぁ冷静に店内を見れば大きな鏡が並んでいて、他のスタッフさんは普通で、紛れもなく美容院だ。

そこから怒涛《どとう》の展開が起きた。

「カットだけなら、よかったら今からどうですか？　ちょうどキャンセルが入って困ってて、初回は20％オフだけど30％オフまでいきますよ」

カットはもう少し先でいいと思ってたけれど、それならとお願いした。

「あんな風貌《ふうぼう》でしょ。最初はみんなビビるのよ」

カットの前のシャンプーしながら説明してくれたのは、綺麗な女性の方で名前は志保さん。いかつい男性の羽田さんが旦那様と聞き、失礼ながら驚いた。

「羽田のあの刺青《いれずみ》の噂を聞いて、ヤンチャ系の売り込みがよく来るんだけど、あれはそんなんじゃなくて『宇宙』をイメージしてるんだって」

よくわからない。けれど、この世は『宇宙』から操作されていて、時々この世の空間をガチャリと切り替える。そんな事もあるのかな……と思った。

「イッテミナ」

シャンプーを終えて、椅子に戻る途中、ふいに真澄にかかる聞いた事のない奇妙な声。そっちをみると見た事のない大きめの灰色の鳥。

オウム？　インコ？　いや、どちらとも違う。目を丸くして驚いた。

「あれはヨウムって言う鳥なのよ。名前はチャム」

なんとも不思議な空間。でも、これで『この店が動物好き』という事がわかった。チャムにうながされたかもしれない。カット中に会話の流れで、羽田さんに自分の事を話した。

「私、時々保護犬のボランティアをしているんです」

「へぇ、それ前から気になってたよ。どんな活動しているの」

真澄は羽田さんの食いつき具合から調子が出てきて犬キューピット倶楽部の活動内容まで話した。そして『繁殖犬《はんしょくけん》』の話までした時である。

ふいに隣の席の座る見知らぬ御夫人から声をかけられた。

「その話、もう少し聞かせてくれる。そんな犬がいるなんて知らなかったけど、そういう事なら私が引き取ることも考えてみようかしら」

そんなわけで、あれよあれよという間に一匹の犬を救う事ができた。

ふいの入店、キャンセル、隣の席、この三つの偶然が重なり生まれた出会い。

この時は特に何も感じなかったが、こんな偶然が次から次へ起こる。偶然入った店の隣の席、出かける度に偶然の出会いが起きる。それは自分だけでなく、時に両親、弟を介しても保護犬の情報がやってくる。

のんびり屋の真澄もさすがに（なんか変だぞ）と思いだした。

まるで何者かが自分を誘導してる気がしてならない。

とすればそれは……犬キューピット!!

でも犬キューピットが自分に本当についているならば、誰だと推察《すいさつ》する。

過去の犬にまつわる記憶をさかのぼると、物心ついた時から六年生まで『マロン』という雑種の犬を飼っていた。けれども、寝るのが趣味ののんびり屋のマロンにそんな能力があるとはとても思えない……

ふと一匹の犬の姿が浮かぶ。

「あっ、夢丸だ」

保健所で会ったあの感性の強い夢丸が自分の犬キューピットならば、数々の偶然を起こしても不思議じゃない。真澄は密かにそう信じていた。

そしてある日、それは確信になる。

いつものように『ソリオン』へ行くと、店にいた谷野さんが、不自然にじっと真澄を観察しだした。いや、正確にはもうちょっと後の上の方。

「え……何かいます?」

真澄はどきどきして振り返るが、何もいない。

「最近の真澄ちゃんは凄いねって、噂《うわさ》してたんだけど、その訳がわかった。あなたに凄腕の犬キューピットがついてるのが視えちゃった♪」

「えぇっ、ほんとですか!!」

そういえば噂で『谷野さんは霊感がある』と聞いた事がある。

「そ、それってどんな犬ですか」

「きっと前に真澄ちゃんが話してくれた保健所の『夢丸』じゃないかしら。茶色の中型犬の雑種で脚先と首回りが白いもの」

「あぁっ、夢丸。やっぱり!!」

真澄は感極まって、その場で人目もはばからず顔をおおって泣き崩れてしまった。笑って介抱してくれる谷野さんの胸の中で真澄は決意した。

(自分を信頼してくれる夢丸の期待に、もっともっと応えよう)。

「大げさな奴だ」

見事に正体をあばかれた夢丸は苦笑しつつも喜んだ。

夢丸がこの「犬キューピット倶楽部」を利用しだしてから、仕事はうんとはかどっている。『りんねとネロの出会い』の様にまったく縁のない者同士を結びつけるのは、とても難しい。けれど自分たちの存在を知る『犬キューピット倶楽部』を使えば、絶体絶命の犬でも助かる確率はうんと上がる。さらに真澄が自分の存在を知ったとならば、今後はさらにやり易くなるだろう。

真澄に静かなお別れを告げるメールが届いたのは、それから一か月ほどたったある日の夕方だった。

ージュノが犬キューピットになります。今夜、ささやかなお別れの会をします。場所は閉店後の『ソリオン』です。よかったら御参加くださいー

驚きはない。その気配は知っていた。むしろよく頑張ったとの想いが強い。お別れの会はしめやかに営《いとな》まれた。花で埋め尽くされた籠《かご》の中でジュノは小さく丸くなっていた。地獄のような繁殖生活が十年。ソリオンでの幸せな生

活はわずかに三年。でも決して不幸な犬ではない。この安らかな顔から、それは伝わってくる。真澄はふと沸いた疑問を呟《つぶや》いた。

「どうして、ジュノは人間を怨《うら》まなかったのでしょうか？」

横で聞いていた谷野さんは、しばらく考えてそれに応えてくれた。

「お母さんだからかな……『母は強し』って言うもんね」

それだけを言った。真澄もそれ以上は聞かなかった。


次の日は「ハダトコ」で予約を入れていた。昨夜の事で少々瞼《まぶた》が腫《は》れてたので、キャンセルも頭に入れたけど、もう日がないので仕方なく行った。

「ジュノ・ハ・ドーナッタ」

カットの間、話せば絶対に泣くとわかっていたので黙っているつもりだったジュノの話題を、いつの間に覚えたのか、突然ヨウムのチャムが切り出したので驚き、案の定、涙が溢《あふ》れて止まらなくなり、お店の中を慌てさせた。

「ごめん」と謝る羽田さんに真澄は首を降った。本当は話したくてしょうがなかったのだ。その勢いで一気に『母は強し』のくだりまで話した。

うんうんと話を聞いていた羽田さんの手が突然震えてハサミが止まる。

あれ、と思った真澄が鏡越しに羽田さんを見ると、いかつく鋭い目からは想像つかないほどの大粒の涙がこぼれていたので驚いた。

「そりゃ、間違いないっす‼『母は強し』っすよ。本当に‼」

羽田さんは袖《そで》からのぞく色付きの腕を真澄に見せ、今度は語る番となった。

「ほら、自分、こんなんでしょ。相当、親不孝しましたよ。この腕見られた時、お袋は何も言わなかったけど、陰で泣いてたって親父に聞きました」

ごく平凡に生きて来た真澄には想像つかない世界。目が点になる。

「美容師になる夢は頭にずっとあったんで、高校で先生と喧嘩《けんか》した勢いで中退して職業訓練学校の美容課に行くと飛び出したまでは良かったけれど……なんと、その前年に美容課は潰れてたの知らなくて行き場をなくし、そこからしばらくは色んな仕事を点々。でも美容師とは無縁の土方や左官仕事ばかり。自分は高校中退だから、もう美容師への道はないとやさぐれてたなぁ」

羽田さんはたまっていたものを口に出して落ち着いたのか、手の震えは収まり、ハサミも再び動き出した。

「結局、左官もやめて、部屋でゴロゴロしてたら、お袋が部屋に転がってた資格の本で俺の頭をひっぱたいて『本でわかんないなら、自分の耳で聞いてこい!!』って怒鳴りつけられて家から追い出されましたわ。しゃあないから、その足で何件か美容院へ話を聞きに行ったら、確かに勤務は高卒が条件の店もあったけど、高校中退じゃ美容師になれないと思ってたのは、まったく自分の勘違いで、美容院に勤めながらでも通信課程で免許は最短で三年で取れると聞いた時はそりゃ情けなかった。俺、四年も何やってたんだって自己嫌悪」

日が落ち、窓の外が少し暗くなってきているが話は続く。

「そっからは四年の穴を埋める為に、一番厳しい店を選んで、毎日夜中の三時まで練習。給料は左官の時の三十万円から七万円に激減。十八人いた同期も、あっという間に六人に激減。そんな厳しい世界なんだけど、やりがいは段違いだったなぁ」

ハサミの音が軽快に鳴る。厳しい世界で鍛え上げられた音。心地いい。

「お母さんの叱責《しっせき》に感謝ですね」

真澄は素直にほっこりしたが、羽田の話はまだ続く。

「いや、実は話はこっからが本番。放蕩息子《ほうとうむすこ》がやっと目標見つけたってのに、調子を崩したお袋が病院で下された診断結果は、ステージ4の末期癌の余命三か月。しかも同時期に親父の会社が倒産。怒涛《どとう》の展開です。ははは」

「えぇぇっ‼」

「さすがに金が心配になって、お袋に『左官に戻るわ』って言ったら、後にも先にも見た事ない形相で『息子の夢を奪うくらいなら、このまま死ぬ‼』って激怒されました。その時、何とか生きてる間に美容師の姿を見せたいって思ったら、それまでの頑張ってたと思ってたのは激甘でした」

通信課程の卒業は最短三年。けれど余命は三か月。

真澄は（さすがに無理でしょ。亡き母に誓う）勝手にそんな展開を想像した。

ところが、真澄は生命の神秘を教わる事になる。

「告知から受けられる最短の卒業試験は二年半後。自分は不器用だけど、死ぬ気でやってんだから絶対通ると信じてたから『一発で受かってやるから、それまで死ぬなよ』って言ったら、『あんたが美容師になるまでは死なない』を口癖にして、最初の試験の二年半後まで生き延びてくれました」

心の中で感涙する準備をする真澄を、羽田の次の一言は軽く裏切った。

「ところが落ちました……不合格を伝えに、病室へ向かう廊下を歩く時の足の重さといったらなかったですよ」

（はぁ、ちょっと何やってんの、ダメじゃん‼）

真澄は思わず叱責《しっせき》したが、心の中で留めてもちろん口にはしてない。

「そこはやはり母親。すぐに顔色でばれて、驚かれる事もなく、笑って『じゃあ次だね』しか言わなかった。けど、ガクッと気落ちしてるのが、目に見えてきつかった。心を動かすのは言葉だけじゃないのが思い知らされましたね。次の試験の半年後。そりゃ、次こそって思いますよね」

「そりゃもう」

「ところが次も落ちました。ハハハ」

若い未熟な真澄がかけれる言葉なんて当然ない。

「何とかその次で卒業しましたが、もう一年間遅れてるから、余命三か月と告げられてから、そこでもうすでに四年。もう母はその頃、体重は二十キロくらいで骨と皮になってるのに、不思議と容態は維持してたけど、ギリギリな状態だから国家試験は絶対に落ちれない。でも、そこで人生最大のギャンブルをしました。その年の受験はやめました」

「え、なんでですか？」

「国家試験は毎年課題が変わるけど、その年は苦手な課題だったんですよ」

「それだけで？」

真澄は思わず疑問を口にした。普通ならダメもとで受ける選択をしそうなものだ。そこまで言うと羽田はハサミを止めて、しばらく考えていた。

「自分でも、なんでその選択をしたのか不思議だったけど、今思えば、もう二度と『落ちた』と言うのが怖かったからだな……うん」

「……」

「その一年間はハサミと病室の記憶しかないっす。その頃のお袋はカップラーメンが食べたいけど、もう固形物は無理だからって、俺に食べさせて、残り汁を割りばしでなめて、旨そうにしてたなぁ」

羽田の語る母の話を聞いていたのは、実は真澄だけではなかった。

密かについて来ている夢丸とマリだ。

特にマリは、思う所があるらしく食い入るように羽田の話を聞いている。

「余命三か月を告げられてから、五年目の国家試験は自分の得意な課題でした。『合格』を伝えに病室の扉を開けると、お袋の後ろの窓から夕陽が差し込んでいて、それが後光《ごこう》みたいでね。今でも目に焼き付いてますよ。何度も落ちてるくせにテレ半分で『おい、受かったぞ』ってカッコつけて言ったら、お袋は涙で声になってないけど、『ありがと』って何度も言って、手を合わせて拝んでた。散々親不孝して、これで帳消しって虫が良すぎますかね。ハハハ」

　真澄は声は出せないから首を振って応えた。

「その足で家に帰るつもりだったんだけど、なんでかな、お袋の実家のお墓に寄ったんですよ。線香がわりに一服吸って、帰ろうと思ったけど、まだもやもやしてるから、消し忘れかなと思ったけどちゃんと消えている。おかしいなぁと思ってるところに、お袋からメールが来て、『お父さんに明日、会社休むように伝えて』って内容だった。息を引き取ったのはその夜でした」

　ハダトコの窓から夕陽が差し込んでいた。羽田さんは、カットの手を止めて、その夕陽を少し眩しそうに眼を細めてしばらく見ていた。

「寿命で迎える死には意味があり、役割を果たすとそれは訪れると聞いた事があるけど、だとしたらお袋の役割は俺を美容師に導くってことで、俺はそれに応えて美容師として、たくさんの人の綺麗にして、人生を明るく導かなければいけないい役割があると自負してます。『母は強し』間違いないっす」

「アリガトネ、アリガトネ」

店を出る時、ヨウムのチャムがなぜか真澄にお礼を言って来た。

夢丸も自分の死んだ時の事を思い出す。

(俺は役割は果たしのか）と自問自答してみる。

佳代との別れ、保健所で仔犬との出会いをふり返った。生前は出来る事は出来たと自負している。

だが今、犬キューピットとしてやらなければならない事がある。そんな気がぬぐい切れない。

「やっぱり母親って凄いね……」

マリが独り言を呟いた。

夢丸はマリに目を向けたが、それ以上は何も言わなかった。

（（（あなたも『消滅の矢』を持つ時が来ました）））

夢丸の耳に初めて聴こえた声。
包み込むような優しさと同時に、諫《いさ》める威厳《いげん》も持つ不思議な声。
マリには聴こえてないようだが、夢丸にはその声の主がなぜかわかった。
『種の起源の犬』に違いない。

魂そのものを消滅させると言う『消滅の矢』。
認められた犬キューピットしか持つことを許されない能力。
『種の起源の犬』はそれを持つ使命を夢丸に告げた。

（《《生命の重みをさらに知るのです》》）

六　ネロとの別れ

りんねがネロと暮らして一か月。ついに恐れていた事態が初めて起きた。穏やかなここでの生活で、落ち着いていたネロの心臓だけれど、それはふいに起きた。りんねがうっかり落としたお皿がガシャーンと割れ、その音が部屋に響いた時だ。ネロの身体に異変が起きる。

驚いたネロの身体が突然、くっと曲がり、コクッと大きなしゃっくりに似た症状が起きた。ペットショップで見たのと同じだ。

「ネロ！」

初めてこの症状を見たお母さんは、りんねより更に顔を蒼白《そうはく》とさせる。しばらくりんねが背中をさすってやるとネロは落ち着いた。ペットショップでみていたが、改めて自宅で遭遇《そうぐう》するとショックは大きい。

幸い、わりと家から近い『伏診《ふしみ》どうぶつ病院』は良い病院と評判なので、迷うことなく、すぐに連れて行った。

その『伏診どうぶつ病院』の先生は、身長は百八十センチをこえ、がっちり体形。その割に肌は色白なので（シロクマみたい）とりんねは思った。

その大きさに初めは少しひるんだけれど、笑うと目がなくなるくらい細くなるのが妙に可笑しくて、すぐに安心できた。

けれど診断結果はそうはいかず、ネロの心臓は要注意だと念を押された。

「これはペットショップに苦情を言った方がいい」

そう進言されたので、りんねがいきさつを話すと先生はポンと膝《ひざ》を打った。

「それは感心。その決断を僕は断固支持する。なにせ、僕は獣医として生まれるべくして生まれた男だから、何かあったら安心してすぐ来なさい」

先生が話の続きをしようとすると、近くにいた二人の助手の先生はくすくすと笑いだした。

「今から先生が話す自慢話、根拠ないけど聞いてあげてね」

そう茶化《ちゃか》されても院内はとくに険悪な空気にはなってない。ごく日常な風景のようだ。先生は名刺を取り出してりんねに渡した。

見れば病院名は『伏診』だが、名前は『伏見』。字が違う。

「これが本名。まず気付いて欲しいのはこの『伏』って字。『人辺』に『犬』だろう。つまり伏見という苗字は人と犬を見るという意味があるんだな」

（へぇ）とりんねは素直に感心した。

「実はこれ、ペットを扱う獣医にはとても重要!!　獣医にはペットの治療を行うと同じくらい飼い主の心のケアも必要なんだ。だからこの苗字に生まれた僕は『獣医に生まれるべくして生まれた運命』と悟ったわけさ」

　ここから伏見の話はさらに熱くなる。

「そして独立して病院を立ち上げた今、自分は更に成長しなくてはならない。そこで病院名の漢字には『診察』の『診』を使った『伏診』にしたってわけ。どう、僕の決意伝わったかな？」

「はい」

　りんねは素直にに感心したけれど、これを何度も聞かされたら、助手さんの様に笑っちゃうとも思う。

助手さんの言う通り、確かに根拠のない自慢話だけれども、その人柄と決意は十分伝わった。近所に信頼の出来る獣医さんがあってほんとに良かった。同時に、どんなに信頼できるお医者さんがいても、先天性の病気には不用意に目を離す事は出来ない覚悟もさせられた。

そして、運命の出会いから四か月。ついにその時がやってきた。

振り返ればその日は朝から不運が重なり、その予兆は起きていた。

「りんね、お母さんは今日遅くなるけどいいかしら？　七時には帰るけど」

「七時!!　なにそれ。いいに決まってるじゃん。子供じゃあるまいし」

「でも、その間、ネロだけになるわよ」

「あ、そうか。じゃあなるべく早く帰るよ」

ネロが来て以来、少なからずこんな緊張感が家には張りつめていたが、その緊張感に疲れた合間をぬい、その事態は起きた。

剣道部の部活を終え、校門を抜けようとするりんねを呼び留める声。

「おーい、りんね。ちょい待ち」

藍子と剣道部の友達三人だ。三人はかけ寄り、わぁとりんねを囲んだ。

「おぬし、最近付き合い悪いぞ。たまには付き合いたまえ」

友達の一人がりんねにからんだ。

剣道部のみんなとの帰り道、よく道草をした。その中心はりんねだ。なぜなら新しい店の開拓はいつもりんねの役目だったからだ。

雑誌、ネット、口コミ、様々な情報を使い、美味しくて楽しい店を探し出して、みんなを楽しませた。ところが近頃、その行動がぷっつり途絶えた。

「りんねがいないと楽しい店がない」

「新しい店、教えてよ」

みんなから催促《さいそく》されるりんねを、事情をよく知る藍子がかばう。

「だってしょうがないのよ。りんねはオ・マ・チ・カ・ネされてるもん」

えぇっと上がる驚きの声。藍子のテンションが上がる。

「只今りんねには、それはそれは劇的な『運命の出会い』で結ばれたお相手がいるもんね。家に帰るなり、玄関で出迎えてキスの嵐。夜は一緒にベッドの中。まぁ熱いこと、熱いこと。ネロったら」

「なにそれ!! 外人の彼氏」

皆の衝撃をりんねはケラケラ笑って否定した。

「なわけないでしょ。ネロって犬よ。犬!!」

拍子抜けな真相にみんなふき出して笑った。

「なぁんだ。でもいいな」

友達の食いつき具合をみて、藍子は調子にのって仕切りだす。

「忘れもしない四か月前の事、りんねの『この犬を私に下さい!!』って尊厳《そんげん》ある一言で、小さな一つの命が救われました」

「何それ、ご両親への挨拶《あいさつ》みたいな台詞」

「でしょ、この話、もっと詳しく聞きたくない?」

「聞きたーい」

藍子の話術にみんな更に食いつく。りんねも大好きなこの雰囲気。そう言えば久しくなかった。

「だから、話の続きをお店でしよう。りんねがいないと新しいお店が見つからない。どこかいいところないかなぁ？」

藍子の巧みな話術により、りんねは気になるアップルパイの店があったのを思い出してしまった。

「気になるアップルパイの店がある」

思わず呟いたこの一言に、一同から「おぉぉっ!!」と歓喜の声。

「強制収容!!」

藍子の指示により、りんねの両脇は友達にガッチリ抱えられ、そのまま電車に乗せられてしまった。とはいえ、嫌な気持ちはまったくしない。

そういえば、このところ道草してなかった。心のどこかでほんの少しだけ欲求不満があったのかもしれない。その隙をりんねは突かれた。

その店は大通りから外れた住宅街にあり、人目にはつきにくい。古民家を改築した和洋折衷《わようせっちゅう》の洒落《しゃれ》た雰囲気。アップルパイは、テーブルに運ばれた瞬間から香ばしい林檎《りんご》の香《かおり》を漂わせ、パイは外サクサクの中ふんわり。完璧だ。みんな、りんねに感謝して話も盛り上がる。りんねも久しぶりの道草を大いに楽しんだ。

だが今日は早く帰るべき日である事をすっかり忘れていた。


「あっ」

とネロの事を思い出したのは、みんなと別れ、最寄《もよ》りの駅に降りてから。駆け足で家に向かうりんねの横を、つんざくほど爆音を響かせたバイクの集団が走り去って行き、そしてりんねの家の方に向かって行く。

(ちょっと、やめて。ネロがびっくりするじゃない)

この場でついにりんねに嫌な予感が横切った。

心臓に疾患《しっかん》を抱えるネロに、驚きを与える事は禁物である。だが、無情にもそのバイクの集団はりんねの家付近で再び爆音を響かせた。

ガシャーンと衝撃音が響いた。事故だ。おそらく、さっきのバイク。

りんねは駆け足で、事故後の人だかりを素通りして家に急ぐ。

「ただいま‼」

いつもより大きな声で自分の帰宅を伝えた。が、ネロの姿はない。

りんねの血の気がさぁーと引いた。

激しい胸騒ぎで心臓の鼓動《こどう》が自分でも聞こえるほど高まる。

「ネロ‼」

靴を脱ぎ捨て、リビングに飛び込み、お気に入りの定位置のソファをのぞくが、そこにもいない。そのままバタバタと走り回り、キッチン、和室、一階の部屋をすべて探すがどこにもいない。

「あ、二階があった」

いつもはりんねが寝る時しか二階には来ないが、さっきのバイクに驚いて二階に逃げたかもしれない。と思った。逆にそこしかいない。

ネロを驚かせたくはない。ゆっくりと二階へ上がる。そして、自室の扉の前を見たりんねは、はっと息を飲む。やはりネロはそこにいた。

だがネロは激しい発作《ほっさ》で震えてその場から動けずにいた。それでも、りんねが来たことに気付くと、無理やり起き上がり、踏み出したぎこちないネロの一歩は、床を空回りして転ばせ、りんねを凍らせた。

「ネロ!!　ネロ!!」

りんねは大急ぎで駆け寄り、ネロを抱きかかえる。身体を硬直させ、息も荒い。ネロの身体の震えが伝わり、りんねの身体もぶるぶると震える。

(今までと違う。もう自分の手にはおえない)

そう判断したりんねの頭に「何かあったらすぐに来なさい」と言ってくれた伏見の顔が浮かんだ。急ぎ、財布だけポケットに突っ込むと、その足で『伏診どうぶつ病院』へ向かう。

(絶対に助ける)(絶対に助ける)

そう何度も自分に言い聞かせて走り続けた。

病院までは二キロ弱。いつもは車ですぐだが、ネロを抱える腕は痺《しび》れ、すぐに息が切れる。それでもりんねは足を止めることなく走った。

「お願いします!!」

病院に飛び込んだ蒼白《そうはく》なりんねの顔を見て、受付のお姉さんはすぐに異常事態を察した。抱かれている犬は見るからに危ない。

「先生、急患《きゅうかん》です!!」

幸い伏見先生の手は空いていて、すぐにネロを診察室へ運んで処置を行う事が来た。その間、りんねは診察室の外のベンチで手を合わせ、祈りながら待った。院内に流れるオルゴールの曲も耳には入らない。

しばらくすると助手さんがりんねを迎えに来た。

「杉原さん、部屋に入って。落ち着いてね」

無理して走ったのと不安から、りんねの身体はまだガクガクして、脚は震えて立てない。助手さんの手助けでなんとか立ち上がる。

一歩踏み出すと通路の天井も、壁も、床もゆがんで見え、前に来た時より何倍も長く感じた。周りの全てが、自分さえもスローモーションで見える。

診察室では伏見先生がネロを抱えて待っていた。そして、りんねにネロをゆっくりと差し出して言った。

「さぁ、抱いてあげて。そして呼びかけてあげて」

りんねは思うように動かない手で、ひどく不器用にネロを受け取る。

その身体の痙攣《けいれん》は収まっているが、息はハァハァと荒く苦しそうだった。

「ネロ、苦しかったね……がんばったね」

りんねの声にネロは反応し、顔を少しだけ上げたが、互いに通じている気がまるでしない。どこか遠くにいる気がしてしまう。

「ネロ、ネロ!!」

りんねは全身全霊をかけてネロに呼びかける。

「ネロ!!　ネロ!!　行っちゃだめよ!!　ネロ!!」

りんねはネロの胸に手を当てた。鼓動はまだかすかには動いている。

けれどネロにはもう別の感性が宿っていた。

ここはどこだろう……真っ白だ
周りには誰もいない
でも声が聞こえる
りんねが呼んでる……
ぼんやりと犬を抱いているりんねが見える
あぁ、あれはきっとぼくだ……
でも、もうそこへは戻れない
僕は行かなきゃいけないんだ……
短い時間だったけど、僕はとっても幸せだった
店で助けてくれた時のりんねを忘れたことはないよ
桃色と赤色のオーラがとっても綺麗《きれい》だったなぁ
だから僕はもう思い残すことはないんだ
さよなら……りんね
さよなら

ネロの呼吸が止まり、そしてひとつの鼓動も止まった。

「ネロ……」

りんねは手の平で、ネロの身体の鼓動を必死で探したがどこにもない。

「先生……」

りんねは伏見に救いを求める。

伏見は静かにネロを受け取り、そしてうなだれて首を横に振った。

「残念だけど……」

その続きの言葉は伏見には探しきれなかった。

ネロは死んだ

絵空事ではない「本物の死」というものをりんねは初めて体験した。

身体の震えが止まらない。

ぽっかりと開いた穴は胸ばかりか、喉まで風が吹き抜けた。呼吸すら満足に出来ず、あふれる涙が何かもゆがんだ世界にりんねを連れて行った。

伏見はもう一度、ネロをりんねにあずけた。

ネロの身体はまだぬくもりを失っていない。見た目は眠っているのと何も変わらない。もう一度、ネロの心臓の鼓動を丁寧《ていねい》に探したけれど、やはり身体から帰ってくる返答は何もなかった。

その現実を突きつけられたりんねは全身の力を奪われ、ネロを抱きかかえたままその場にしゃがみこむ。診察室に聞こえるのはりんねの嗚咽《おえつ》だけ。

それでもりんねは、苦しい呼吸の合間をぬって声を振り絞った。

「ネロ……ごめん……ごめんね……」

伏見はその言葉が気になった。

「なにか謝る事があったの」

「私が……道草……道草をせずに……まっすぐ家に帰っていれば……」

伏見の顔が曇る。心に負い目がある飼い主は、酷い。ペットロスに陥《おちい》る確率が高い。かける言葉一つが明暗をわけるかもしれないと思った。

伏見はちょっと無理して笑顔をつくり、断言した。

「いや、それは関係ないよ」

本当のところは実は伏見にもわからない。でも、この飼い主が本物の愛情をこの犬に捧げていた事は確かだ。それだけでいい。

「むしろ、初見から見ればよく頑張って生きたと感心したくらいだ。君も、君の家族も精一杯の愛情をネロに注いだ。だからネロは短い命だったかもしれないけれど、十分幸せだったと言い切れるよ」

りんねの口元が少しやわらいだ。それは重い鉛の扉で閉じた心にほんの少しだけすき間を開け、心の中で渦を巻く哀しみの逃げ道をつくった。

幾分落ち着いたけれど、憔悴《しょうすい》しているりんねを心配した伏見は、診察時間が終わった事もあり、自分の車でりんねを送った。そして最後に一言かけた。

「君の辛さはよく理解できる。でも『可哀そうだからもう犬は飼わない』とは思わないでほしい。君のような優しい飼い主を待っている犬たちは、たくさんいるからね」

「はい……」

りんねはそう応えたが、それを理解するにはまだ先の事。

メールでネロの死をお父さんとお母さんに伝えると、二人は驚き、用事を早めに済ませ帰宅してくれた。そして、運命の出会いに立ち会ってくれた藍子にも伝えると、藍子も驚き、お母さんの車で駆けつけてくれた。

その夜はささやかなお葬式を行った。

ネロの亡骸《なきがら》の横には、生前の一番お気に入りの写真とともに、藍子が持ってきてくれたお花と大好物だったソーセージを添えた。

そして思い出話をみんなで語った。

一緒にいれた時間は短かったけれど、いくつもすてきな想い出が浮かぶ。

病院で一度、思い切り泣いたからか、りんねは意外にも気丈で落ち着いていた。むしろ辛そうなのは藍子だった。

「りんね、ごめん……こんな事になるなら道草に誘わなければよかった」

泣きじゃくる藍子をりんねは優しく抱きしめて首を振った。

「そんなことないよ。ネロは十分、精一杯生きたんだって、お医者さんも言ってくれたし、私もそう思う」

このお葬式にはもちろん、夢丸とマリも密《ひそ》かに立ち会っている。

「やはり、あんたを選んで良かったよ。ありがとな」

最後に夢丸はりんねに礼を言った。マリは何も言わず、ただ見つめていた。

「さぁマリ、これで気がすんだろ。これでお前さんともお別れだ」

「ネロの所には行かなくていいの？」

たいていの犬キューピットは、夢丸が死んだ時の吉丸の様に、最後に自分が手掛けた犬に一声かけるものだ。

「前にも言ったが俺の信条は『一身独立』。幸せに暮らせたなら、もう俺は何も言わない」

名残惜《なごりお》しいが約束は約束。マリは静かにその場を去って行った。

七　狡猾《こうかつ》な罠《わな》

ネロは白い白い世界を旅している。

その世界の中で一番白く輝く光を目指した。

この旅は生前の出来事をふり返り、天国へ行く心の準備をする旅。

ネロの命は半年ほど。今思えば初めの飼い主は怖くて冷たい人だった。

でもその後、りんねと出会えたことで、まるでジェットコースターに乗ったみたいな高揚感《こうようかん》に浸っている。

「ああ、僕は幸せだった」

前半の苦痛は吹き飛んで、りんねの事ばかり考えてその道を進んだ。

気づけば、周りにも天界を目指している犬たちがいる。

たいていは老犬だけど、もっと若い犬もいるし、ネロくらいの犬もいた。

そして、じっと自分に向ける視線に気づいてしまった。

まるで待っていたように、じっとネロのことだけを見つめている。

その視線の持ち主は青灰色の身体でネロや他の魂《たましい》とは少し違い、足取りは不安定でふわふわと漂《ただよ》っている。

産まれてすぐの仔犬らしいが、身体の大きさはネロと変わらない。

(あれはシベリアンハスキーだっけ)

ペットショップで一緒にいた記憶がある。ネロは気になりつつも、通り過ぎかけると、なんとその青灰色の魂《たましい》はネロの後をつけてきた。

ネロにちょっとしたお兄さん心が芽生え、思わずその魂《たましい》に声をかけた。

「君も天界へ行きたいの？」

けれども何も返答はない。ただ哀しい目でネロを見つめてくる。

「あ、道がわからないんだね」

ネロはきっと道に迷ったから哀しいんだと思った。

群れをつくる犬は基本的に皆を思いやり優しい。誰かが困っていれば助けてあげたいと思っている。ネロもそんな犬だ。

「僕が連れていってあげるよ」

ネロはこの魂《たましい》を助けようと思い、鼻先で押すとふわりと前に進んだ。

「そうそう、そっちだよ」

嬉しくなったネロはもう一度押したけれど、今度は左に曲がって行ってしまった。ネロは慌てて回り込み、元に戻そうとしたけど、今度は右に行き過ぎた。うまくいかない。

「無理よ。坊や」

ふいにかかる声。ネロがふり返ると、そこには一匹の犬がいる。ネロよりずっと大きい。この犬もシベリアンハスキー。メス犬だ。

(親子かな)とネロは普通にそう思った。どことなく似ている。

「それは私の子なの。君、名前は？」

「ああ、やっぱり。僕はネロです」

「まぁステキな名前。私の名は『ヨンバン』よ」

ちょっと変わった名前……

ネロは思わず小首をかしげた。それは、たしか数える時に使う言葉だ。

「おかしな名前でしょ」

ネロは心の内を見透かされドキリとした。

「でも人間は私の事をそう呼んだ。そして私の子にはそれさえもないわ」

ヨンバンはもっと哀しそうにネロに呟いた。

「でも、どうして天界に行くのは無理なの」

ネロの好奇心は、ヨンバンの子供の事をもっと知りたくなった。

「それは『**サマヨイ**』だからよ。サマヨイは天界には行けない宿命《しゅくめい》なの」

「サマヨイ……？」

「あなた、何も知らないのね。サマヨイってね、生きていた時に、人間から愛情をもらえなかった哀れな犬の魂なのよ。それでもまだ、人間の慈愛を求め、探し続けて彷徨《さまよ》う犬の魂。それがサマヨイよ」

ヨンバンの言葉に怒気《どき》と哀傷《あいしょう》がこもっていた。

「それは可哀そう……」

りんねから愛情をたっぷり貰《もら》っているネロは心から同情した。

けれどもヨンバンは首を振った。

「私もそう思っていた。でもそれは間違いって気付いたわ」

「えっ」

「だって天界へ行っても、また人間の飼い犬に生まれ変わったら、人間に愛想を振りまくだけの生き方しか出来ないのよ。そんなの生き物としてあまりに惨《みじ》め。あなたはそうは思わない？」

背筋にぞっと走る嫌な気配を感じたネロは、さり気なくここから立ち去ろうとするも、ヨンバンの狡猾《こうかつ》な問いかけはネロを逃さなかった。

「それにしても、あなた若いわね。なんで死んじゃったの。事故かしら」

「ちがう……病気だよ。生まれつき心臓が弱かったんだ」

「なるほどね。じゃあ飼い主は何もしてくれなかったのね。可哀そうに」

大好きなりんねを侮辱《ぶじょく》されたら黙ってはおけない。ネロは怒った。

「りんねがそんな酷《ひど》いわけない。いつも、いつも、僕を心配してくれた。背中だってさすってくれた。最後は僕を抱えて病院まで連れて行ってくれたんだ」

「あらそう。あなたの飼い主はりんねというのね。それなら、りんねはあなたが死んで、さぞ哀しんだでしょうね」

ぐっと言葉を詰まらせるネロの心の傷口を、ヨンバンは更《さら》にえぐる。

「ほらごらん。人間と犬は一緒に暮らすと不幸になるのよ」

「そ、そんなことない。僕は幸せだったんだ‼」

ネロの必死の否定を、ヨンバンは軽くあざ笑った。

「あなたはね。でもりんねの方はどうかしら。こんなに哀しい思いをするなら『犬なんて飼うんじゃなかった』って後悔してるかもしれない」

激しい動揺がネロに襲《おそ》いかかる。

(まさか……そんなはずない)

ネロはいくらそうぬぐっても、頭の中に一度芽生えた不安は消えない。

「それがよくわかる言葉がある。そうね、例えばこんな事を言ってなかった？」

ごくりとネロは息を飲む。

「『ごめんね』なんて」

ガツンと殴られたのような衝撃が心を揺らす。

確かにりんねはそう言った。ネロの顔がみるみる蒼白《そうはく》になる。

「その顔は図星ってとこね。いったいりんねは何をやらかしたの」

「りんねは何も悪くない」

「じゃあ、なぜ、謝るの」

「ただ……ただ、ちょっと帰ってくるのが遅かっただけ……」

にやりと笑うヨンバンに激しい怒りが湧くネロ。精一杯の威嚇《いかく》をする。

「これ以上、りんねの悪口は許さない!!」

けれど所詮《しょせん》、ネロは小型犬。シベリアンハスキーのヨンバンにはまるで動じない。ヨンバンは目の奥を黄色く鈍く光らせて言った。

「ならば私に提案がある。きっと、あなたの愛するりんねは、心の奥にぎゅっと深い思いを押し殺し、まだ本心を見せてはいない。それっていったいどんなものかしら。見たいと思わない？　今からりんねの所に一緒に行きましょう。

私が見せてあげる」

「そんな事、お前に出来るはずがない」

「出来るわ」

不敵に笑うヨンバンの身体に異変が起きた。みるみる身体の色が黒く染まり、その黒い身体に蛇が這《は》うような赤いまだら模様が現れた。

あっと驚くネロの目の前で、ヨンバンはすっと人間の様に立ち上がり、背中から一本の矢を取り出し、ネロに見せた。

「これは『念の矢』と言う」

ネロはごくりと息を飲む。その矢には質感はない。黒い粒子《りゅうし》がぎゅっと固まって出来ている。

「私はこの念の矢を使って、人間を誘導させることが出来るの。でも何でもかんでも出来るわけじゃないわ。その人間が言葉にせずとも、普段考えている事を刺激させる程度の事しか出来ないわ。でも逆に言えば、もしも誘導できたとすれば、それはその人の『本心』というわけ。どう？　これでりんねの本心が見えるでしょ」

いつの間にかネロの周りにはさっきは一匹だったはずのサマヨイがどっと増えていて、ネロを取り囲んでいた。

(この場から絶対に逃げた方がいい)

だが『りんねの本心を知りたい好奇心』を捨てきる事が出来なかった。

「さぁ、行きましょう」

ネロはそのヨンバンの誘いにうなづいてしまう。


そしてネロは、ヨンバンに連れられてりんねの家に来た。

魂《たましい》になると、天界へ昇るには緩《ゆる》やかに段階を踏まなければならないが、下界には、いつでもどこでも簡単に降りることが出来る。

りんねは机に向かっている。いつもの光景だ。

一つ、違う点がある。机に上にお葬式で使ったネロの写真が飾ってある。

りんねの心はまだ自分と一緒にいてくれる。

ネロは生前を思い出した。

一度机に向かうと、りんねはしばらくかまってくれない。あきらめてお父さんかお母さんの所へ行ったりしたけれど、それでもあきらめきれない時は、ベッドで丸くなっていつまでも眺めていれば、時々、りんねはこっちを見て微笑みかけてくれるから、それをじっと待っていたものだ。

そんな記憶を思い出してうれしくなったけど、すぐにその気持ちは引っ込んだ。横にいるヨンバンの得体がしれないからだ。

「じゃあ、さっそくやりましょう。りんねの本心を見せてあげる」

ヨンバンが再び、念の矢を取り出した。

「さっき、あなた言ったよね。『ちょっと帰ってくるのが遅かった』って」

ネロがうなずくとヨンバンは弓を出して構え、そして念を込める。

（（（**もっと早く帰れば良かった**）））

矢尻《やじり》が赤黒く光ると、ヨンバンの身体からは同じく赤黒いオーラが炎のように立ち上がった。（良くない事が必ず起こる）そんな予感がネロに走る。

「やめて‼」

ネロは大きな後悔に襲《おそ》われ叫ぶも、すでに遅い。

当然、ネロの制止は軽く無視され、ヨンバンの念の矢はりんねに向かって放たれた。赤と黒の放物線を描く矢が命中したその瞬間、りんねの鉛筆を持つ手がピタリと止まった。りんねの心に目に見えない小さな亀裂が入った。

だがヨンバンはその目には見えない小さな亀裂をしっかりと把握《はあく》していた。

配下の十匹ほどのサマヨイ達に指をかざし、命令をした。

「行けっ」

命令のままサマヨイ達はりんねに向かう。ぐるぐると周りを走り回りだすと、覆いかぶさる不穏な気配がりんねの不安をあおる。

そして、ヨンバンは自分の気を集中させ、りんねの机に上にある写真立てに向かってぐいっと飛び込んだ。

パタン‼

写真立てが倒れ、りんねはあっと驚く。それがきっかけとなり、りんねの心の小さな亀裂はメリメリと大きく裂けていき、そしてその裂けた亀裂から、抑え込んでいた感情がどっと、いっぺんにあふれ出てきた。

「あぁぁぁぁぁっ」

りんねが叫び声をあげた。

叫び声を聞きつけ驚いた両親が駆けつけると、りんねはぶるぶると身体を震わせ、呼吸すら困難なほどの嗚咽《おえつ》に襲われている。

思わず抱きしめるお母さんの胸の中で、りんねは声をしぼりだした。

「み、道草なんて……しなければ……よかった」

お母さんの顔が一瞬で蒼白《そうはく》となる。まさかの恐れていた事態が起きた。

突然のペットロス。それも重症の。どうして……

「私が……もっと……もっと早く帰っていれば……ネロは死なずにすんだ」

「そんなことない。あなたは頑張った。何も悪くないのよ!!」

お母さんの必死の説得は、今のりんねの耳にはまるで届かない。それどころか、目の前にいる両親の姿すら、いないも同然だった。

「よくもりんねを苦しめたな‼」

ネロは怒り震え、うなり声をあげ、ヨンバンに飛び掛かるも、軽くあしらわれる。それでもあきらめず何度も飛び掛かるが、面倒に感じたヨンバンはサマヨイ達にネロを抑え込ませた。身動きの取れなくなったネロを、ヨンバンはせせら笑い、そして、怒鳴りつけた。

「りんねの本心を知りたいって言ったのは、あなたでしょ‼」

ヨンバンは再び矢を構え、念を込める。

（（（**死んだのは私のせい**）））

「やめろぉぉおっ‼」

ネロの叫びも虚《むな》しく、二本目の矢もりんねの心を鋭く貫《つらぬ》いた。

「私のせい……私のせいでネロは死んだ」

声を震わせるりんねの鼓動はさらに高まり、過呼吸となり身体を震わせ、手を握るお母さんの皮膚に血をにじませるほど爪を突き刺した。

「りんね、そんな事はない。病院まで抱えて行くなんてなかなかできる事じゃない。お前はよくやったんだ」

お父さんの必死の説得も、りんねの耳を素通りしていく。

ただ漂《ただよ》うだけのはずのサマヨイ達が興奮している。りんねから放たれている哀しみの青紫のオーラに反応して喜んでさえいるように見える。

ネロは怒り、サマヨイに向かって吠え猛《たけ》るが、そんな姿はかえって滑稽《こっけい》らしく、からかうサマヨイ達をさらに喜ばせた。

りんねとネロの『怒り』『嘆き』『哀しみ』をヨンバンは冷酷に観察する。

「じゃあこれが最後の一本よ。これがりんねの本心。よく聞いておきなさい」

ヨンバンから身体の色と同じ赤黒いオーラが炎の様に立ちのぼる。

不覚《ふかく》にもネロはそのオーラの揺らぎに魅入る。気づいてしまったのだ。

自分の心の中にも同じ色のオーラが潜《ひそ》んでいる。

もしも、りんねに出会わなければ、きっと自分も同じ道をたどっていた。

（《《ネロを飼わなければよかった》》）

そしてヨンバンの矢に最後の念がこもった。

それはネロが絶対に聞きたくない言葉……。

もしも、この言葉がりんねの口から発されたならば、ネロの短くも煌《きら》めいた幸せな時は全て否定され、心がずたずたになるだろう。

だが、同時にりんねの本心を知りたい好奇心も沸いてしまっている。

(りんねは言わないでくれる)

そう信じて、祈り、待った。だが……


「ネロを飼わなければよかった」


ついにりんねはネロにとって最も残酷《ざんこく》な一言を発した。

ガシャーンと『ガラスを叩きつけて割る』それに似た衝撃が、ネロの心、そして身体に起きた。魂《たましい》の世界において、これは例えではない。

事実、ネロは気づいていないが、心身に目には見えない無数の細かな亀裂《きれつ》がおきている。ヨンバンはそんなネロに容赦《ようしゃ》なく問いかける。

「どう、ネロ。これでもあなたとりんねは一緒に暮らして幸せだった？」

ネロは静かにうなだれた首をふる。

そこからヨンバンは意外にも傷ついたネロを優しくなぐさめた。

「誰も何も悪くない。あなたも、もちろんりんねも。犬と人間は『別れの時』が来た。ただそれだけ。人は人。犬は犬。それぞれが別々に生きればいい」

ヨンバンはサマヨイをみんな集めてネロを取り囲み、輪を作った。

「ネロ、私たちはみんな仲間。私たちは群れ。決して哀れな存在ではない。これからは、私たちこそが正しい犬の生き方なの。私たちが道標になるの」

ヨンバンの説得は、無数の亀裂が入ったネロの心に、わけもなく染み込んでいった。

ネロの身体がだんだん青灰色に染まっていく。

八　ネロの行方

新しくて洒落《しゃれ》ている、とあるマンションの一室。

そこで夢丸は次の仕事に取り掛かっている。飼い主にふさわしくない人の元で飼われる犬たちが後を絶たない。ここにいる犬もそんな一匹だ。

ここの犬はネロと同じミニチュアダックスだが、チョコレート色のネロと違い、グレーでくりくりとウェーブのかかる珍しいタイプ。人間的には『商品価値が高い』って奴だろうと夢丸は推測《すいそく》している。

部屋にいるのはその犬だけ。孤独に部屋の隅で丸まっている。

そこにガチャリと鍵《かぎ》の開く音。飼い主が帰ってきた気配だ。けれど、犬に帰宅を喜ぶ様子はない。むしろ怯えて、近づく音をうかがっている。

バンと荒々しく扉が開いて飼い主が入って来た。

飼い主は二十代半ばだろう。やせ形で肌は青白く年齢の割には干からびた感じだ。目つきは辺りをうかがうように落ち着きがない。ベルトにはジャラジャラと鎖《くさり》をつけ、着ているシャツはドクロの柄。オーラの色味は極端に少なく灰色が主体でわずかに青と紫。確実に犬に好まれるタイプではない。

「おい、アリス。お迎えはどうした。こっちへ来い」

飼い主がそう犬を呼ぶ。犬の名前は『アリス』らしい。

アリスはぎこちなく飼い主に側に寄るが、その仕草が気に入らなかったようで、飼い主の機嫌をそこねた。

「こいつ、ほんとに可愛くねぇ。なにが品評会の優勝の血統だ。値段ばかり高いだけで芸の一つも覚えれねぇ。どこでも出来損ないって奴はいるもんだな。とんだぼったくりの欠陥商品め」

飼い主は側にたまたま置いてあったビールの空き缶を、アリスに向かって蹴《け》っ飛ばす。空き缶は運よく当たらなかったが、アリスはさらに怯えた。

身の危険を感じたアリスは急ぎ、不器用に飼い主の元へかけ寄る。

そんなアリスの目は光を失った鈍い色をしている。

（こいつはいかん。早く助けねぇと手遅れになる）

手遅れとは、もちろん死に至りサマヨイになるという事。

その怒り震える夢丸の後ろで、ふいに叫ぶ、聞き慣れた怒りの声。

「なに、こいつ。いけすかない!!」

夢丸が驚きふり返ると、その怒りの声の主はなんとマリだった。

「お前、なんでここにいる。もう来るなって言っただろ」

夢丸が声をかけると、マリははっと我に返り、驚くべきことを告げた。

「そうはいかない。だって天界にネロがいないのよ」

「なんだと!!」

珍しく夢丸が取り乱す。立ち上がり、マリにつめよる。

「じゃあ、どこだ!!　どこにいる？」

「わからないからここに来たの。あなたも知らないのね」

急ぎ、夢丸は目を閉じ、ネロの魂の気配を探ってみた。天界へ行ってなければ、どこにいるのかわかるはずだが……

しばらく探っても、それらしき魂の気配はない。

「ない……ネロの気配がない」

ネロの魂は天界でもなければ下界にもない。夢丸は蒼白《そうはく》となった顔をマリに向けると、マリは不安げに呟く。

「まさか……地獄……」

「そんなわけあるか‼　探し出すしかない」

マリの物騒《ぶっそう》な発言を夢丸は叱りつける。何の罪もないネロが地獄へ落ちるなんて、いくら何でもありえない。

冷静に考えれば、真っ先に行くべき場所は一か所だ。

「まずは飼い主だったりんねの所に行くしかねぇ」

夢丸とマリは白い白い世界をぬけ、りんねの家に向かう。が、家に着いても中にネロの気配は感じない。ふいに夢丸はぴたりと脚を止めた。

「嫌な気配だな」

夢丸でさえ、侵入を一旦ためらわせるほどの異様な気配が、りんねの家を包んでいる。夢丸は慎重に家に侵入した。

そして、そこで見た光景に夢丸は驚愕《きょうがく》する。

しっかりと心の整理が出来ていたはずのりんねが重度のペットロスに陥《おちい》り、りんねを囲む家族も深い哀しみに突き落とされている。

「こ、これは……」

混乱する夢丸をぞっとする気配が包み、目の前に犬の魂が現れた。

普通の者ではない。周りには数匹のサマヨイを従えている。

赤黒い身体、赤黒いオーラを漂わせ、犬キューピットのように二本足で立つ。

間違いない呪犬だ。

(呪犬……なぜ!!)

りんね達のような優しい人に呪犬が祟るのはありえない。

「意外と遅かったわね。夢丸さん」

そして、その呪犬は夢丸を名指しした。

呪犬は『怨《うら》みを晴らす』魂だ。だが、見たところシベリアンハスキーのこの呪犬に、自分はそれほど怨まれる記憶はない。

「なぜ俺を知っている。誰だ、お前」

「私の名はヨンバン」

その名前にも記憶はない。

だが、勘のいい夢丸はピンと来た。

（おそらく、こいつは繁殖犬《はんしょくけん》……）

それは、ただ犬を産ませるだけに飼育されるメス犬。生涯《しょうがい》を過酷《かこく》な小さなゲージで終え、外に出る事は叶わず、散歩すら知らない悲惨な犬たち。

犬キューピットでの経験で、夢丸はこの繁殖犬たちが名前では呼ばれず、ゲージの番号のみで呼ばれるのを何度も見た。

夢丸以上にその名前を聞いて激しく動揺した者がいた。マリだ。けれども驚きで息を飲むマリに、夢丸は気づかない。

（シベリアンハスキー……繁殖犬……あ、あいつか）

夢丸が記憶をたどると、一匹の犬が思い当たる。あの時の面影はないが、保健所で仔犬に近づいていた奴は、確かにシベリアンハスキーだった。

「お前、保健所に後から来た奴か」

「やっと思い出してくれたのね。私は近頃、ずっとあなたの事ばかり考えてきたというのに」

「俺にはそこまでお前に怨まれる記憶はねぇからな。なんで俺の所へ来た？」

「何を言う。お前は私の大切な物を奪った」

「奪った？……仔犬の事か。だったら、そいつはとんだ逆恨みだぜ。俺は怯える仔犬を守った。それだけだ」

呪犬は『永久に何かを呪い続けなければならない』と聞く。が、それだけの因果《いんが》で俺が呪いの対象になるなんて割に合わない。

（ちっ、面倒な事に巻き込まれちまった……）

降りかかって来た不本意なトラブルを苦々しく思う。

「お前は私の大切なものを奪った。だから私はお前の大切なものを奪う」

（俺の大切な物だと……）

それはネロの事に違いない。夢丸はあわてて辺りを見回し、ネロを探すが、ヨンバンの周りには数匹のサマヨイがいるだけでその姿はない。

「ネロはどこだ!!」

怒号《どごう》の夢丸をヨンバンはせせら笑う。

「わからないの？　いるわよ。ずっと、すぐ側に」

「なんだと」

夢丸の頭が真っ白になる。落ち着いてもう一度、辺りをうかがう。

やはり、目の前にはヨンバンとその取り巻きのサマヨイだけ。

だが、そのサマヨイの中の一匹に見覚えのあるシルエット。

間違いない……ネロだ……

ネロの気配はサマヨイになり消えていたのだ。

「ネロ……お前……」

夢丸は怒りで身体を震わせ、体毛を逆立たせた。

「てめぇ、何てことしやがる!!」

心乱れた犬キューピットは本来の犬の姿に限りなく近づく。夢丸は四本脚で踏んばると、尻尾を逆立て、戦闘姿勢《せんとうしせい》をとった。

「許さん、なぜ関係のないネロを巻き込む‼」

「言ったはず。お前の大切なものを奪うと」

ガルルッと吠え猛け、怒りに任せてヨンバンに飛び掛かるも、素早い動きでかわされる。すぐに反転させるがその隙《すき》を狙い、取り巻きのサマヨイたちが夢丸に襲《おそ》い掛かって来た。夢丸はひるまず、バシバシッと簡単にサマヨイを払いのけるが「あっ」と叫び、その手を止めた。

襲い掛かってくるサマヨイの中にネロがいるのに気付いたのだ。サマヨイに意志はない。ヨンバンの指示のまま動くネロは、もうヨンバンの群れに取り込まれている。夢丸は戦意を一気に失う。

今一度、この呪犬のヨンバンと向き合わねばなるまい。

そういえば、ネロの死んだ時にいくつか不自然なことがあった。りんねや家不在の時を狙ったかのように現れたバイク集団。そして事故。

もしや……と疑問がわく。

「お前がネロを殺したのか」

夢丸の問いに、ヨンバンは少し可笑《おか》しそうに応えた。

「そうとも言えるわね。イカレたバイク集団を家に側に近づけて、ネロを脅《おびや》かしただけだけど」

ぐっと夢丸の前脚に力が入る。怒りはとうに頂点に達していたが、その感情に任せては取り返しはつくまい。ぐっとこらえてヨンバンに告げた。

「馬鹿な事はやめろ。お前がしている事は愚《おろ》かな『怨嗟《えんさ》の渦《うず》』って奴だ」

「なにかしら、それ」

「教えてやる。怨みが怨みを呼び、渦巻きの様に周りの者を次々と不幸にしていく。それが『怨嗟《えんさ》の渦《うず》』だ。これ以上、周りを巻き込んでどうする。人間に怨みを晴らすだけならともかく、犬の繁栄《はんえい》を妨げるとならば、このままではすまさない。消えてもらう」

フフっと笑うヨンバンの目が鋭く光る。

それは、今まで夢丸が見た事のある呪犬の光を無くした目とはまるで違う鋭利《えいり》な刃物のような危険な意思を、ビシビシと遠慮《えんりょ》なく突き刺して来た。

（なぜだ、なぜこいつの目にはこんなに精気《せいき》が宿る……）

凄腕《すごうで》の夢丸でさえもたじろかせる鋭い眼光。

「私を見くびらないで」

ヨンバンは言い切った。

「『**怨嗟《えんさ》の渦《うず》**』の話、面白いわね。でも、私にはもっと崇高《すうこう》な志《こころざし》がある。闇雲《やみくも》に怨みを晴らしまくる単純で愚かな呪犬どもと一緒にされては迷惑よ‼」

混乱する夢丸の目の前で、ヨンバンの身体からは赤と黒のオーラが炎の様にめらめらと立ち上る。何らかの強烈な想いがなければこうはなるまい。

「私が本当に怨みを晴らしたいのは奴‼　そのために私は、もっともっと群れを大きくしてやる。夢丸、お前如《ごと》きはその為の撒《ま》き餌《え》に過ぎないわ」

（奴……誰だ？……）

まるで見当がつかない。

嫌な予感だけがジリジリと高まり、夢丸を圧迫する。

「私が憎むべき相手とは『種の起源の犬』!!」

「なっ……」

思いもよらない相手に夢丸は驚愕《きょうがく》し、言葉を失った。

「奴が『人間に媚《こ》びて生きる』選択をしたせいで我ら犬たちは堕落《だらく》した」

「そんな事はない。我らがここまで繁栄したのは人間との共存のおかげ」

ヨンバンは呆れて、首をふった。

「やれやれ……おめでたいわね。それは人間が神羅万象《しんらばんしょう》の一部として生きていた頃のもはや、おとぎ話よ」

それはぐさりと夢丸の心に突き刺さる一言だった。

「今の人間ときたら、繁栄《はんえい》に溺《おぼ》れ、己の欲望をひたすら追求し、我が子を育てることさえ放棄《ほうき》する愚《おろ》かな生き物に成り下がった。でも、そんな人間に『媚びて生きる』を選択した我ら犬はもっと惨め。過剰な愛情を注がれる犬がいるかと思えば、その裏では語るもおぞましい仕打ちを受ける犬がたくさんいる。これでは我らは犬は、まるで『人間の玩具《がんぐ》』……おかしいと思わない?」

不覚にも夢丸の心が揺れる。散々あきれる人間を何度も見せつけられた。

この信念こそがヨンバンの眼光に精気を与えているに違いない。

「今、犬と人間は決別の時が来た。私が目指すのは『**犬の独立**』!!」

ヨンバンのオーラの炎は、宣言と共にいっそう燃え上がった。

（こいつ……まずい奴だ）

夢丸の背中に緊張が走る。この呪犬をこのまま放置することは絶対にありえない。いよいよあの矢を使う時が来たのを覚悟する。『種の起源の犬』はこれを予期していたのだろうか。夢丸は『**消滅《しょうめつ》の矢**』を取り出し構える。

集中しなければ、飲み込まれそうな緊張感が夢丸の指先まで震わせる。

「犬の繁栄《はんえい》を妨げるものは消す!!　それが掟《おきて》」

矢尻をヨンバンに向けると、緊迫した空気が弦《げん》のごとく張り詰める。

「夢丸、待って!!　今はダメ!!」

ふいにかかる制止の声に夢丸の気がそれた。

マリだった。

「お前、何言ってんだ」

動揺する夢丸をヨンバンは、フフと鼻であざ笑う。

「そのお嬢さんに止めてもらって良かったわね。もし今、その矢で私を消していたら、道連れで私の群れの犬たちも消えていたわ。もちろんネロも」

夢丸は構えを解く。緊張の切れた今、もう消滅の矢は使えない。

（ちっ、こいつはいよいよヤバイ……ネロは救うには今しかない）

弁も立ち、カリスマ性を持つこの呪犬はこの先、本当に犬の独立をさせかねない。だが今の己の力量で消滅は無理。ならばせめてネロだけは救いたい。

夢丸はヨンバンの隙を作る為の挑発《ちょうはつ》を試みる。

「犬の独立だとよくも言えるな。お前は見た所、シベリアンハスキーだったっけか。品の良い愛玩犬《あいがんけん》がよく言うわ」

ヨンバンの眉間《みけん》に戦慄《せんりつ》が走る。

「愛玩犬だと……この姿を見ろ。我らこそ誇り高き狼の姿を最も残す血統。無礼は許さない」

確かに狼に似ている。その誇りが信念を支えているのかもしれない。

「そんなの見た目だけの偽物だ。一番野生に近い犬ってのは俺が半分受け継いでいる柴犬だ。犬の独立だと。そんなたわ言、野良犬あがりの俺に言わせりゃ甘ちゃんで、ちゃんちゃら可笑しいぜ」

「野良犬ごときが我が血統を侮辱《ぶじょく》するのは許さん!!」

ヨンバンがうなり声をあげて夢丸に襲《おそ》い掛かる。

「マリ、ネロを頼む!!」

夢丸はそう叫び、果敢《かかん》に受けて立つ。もみ合い、激闘《げきとう》。魂でも身体に激しい衝撃がかかる。マリはその隙に急ぎネロを救い出す。夢丸も巧みにヨンバンの攻撃をかわし、もみ合いから離れ、ヨンバンから逃げた。

意外にもヨンバンは追いかけてこなかった。

「私の目指す**犬の独立**が本気であることを思い知るがいい」

それだけを逃げる夢丸に告げた。

九　初めての仲間

夢丸とマリ、そしてサマヨイとなったネロは白い白い世界に逃げ込んだ。

一息つけたが、逆に夢丸に大きな後悔がのしかかって来た。

もう以前のネロの面影はない。透き通る青灰色の身体はふわふわと漂っているだけ。ぼやける視線は深い哀しみだけを伝えてきた。

「すまん、ネロ。俺が甘かった」

恰好《かっこう》をつけないで最後まで見送るべきだったと後悔した。

「サマヨイから元には戻れないの？」

マリも、出会いから死ぬまで立ち合ったネロには思い入れがある。変わり果てた姿に心痛める。だが、夢丸がマリに伝える事実は厳しいものだった。

「サマヨイが普通の魂に戻る事はない」

「そんな……」

悲痛で眉をゆがめるマリに、夢丸は救いの言葉も用意してあった。

「だが、そのままの姿だが、昇天し、天界へ行く事だけは出来ると聞いた事がある。そうすればまた普通の犬として生まれ変われる」

ほっと胸をなでおろすマリだったが、事態はそんなに甘くはない。

「だが、そのやり方がわからない。人間の愛情が関係してるのは確かだが……そもそも人間の愛情がわからないのがサマヨイだからな。どこをどう結び付ければいいものか」

途方に暮れる夢丸に、マリは自分の閃きを言った。

「あ、でもそれなら、ネロは飼い主りんねにたっぷり愛情を貰《もら》ってるから、他のサマヨイよりも望みがあるんじゃないかしら」

「なるほど」

と夢丸も思い、しばらく考えていたが、逆に眉間《みけん》をゆがめた。

「いや、待て!!　何かそこに矛盾を感じる……その肝心の飼い主がペットロスになっている……あっ……そういう事か!!」

夢丸は何かに気付き、苦々しく歯ぎしりをした。

「奴が、どうやってネロをサマヨイに変えたのか、ずっと考えていたが、りんねのペットロスを引き金にしているのは間違いないだろう。だとすれば厄介だ。これは『お互いに鍵《かぎ》を掛け合っている』状態だからな」

マリには意味がわからず、きょとんとしている。

「つまりだ、ネロのサマヨイを解除するには、飼い主りんねの『慈愛』が絶対に必要だ。だが、りんねのペットロスを解除するのにもまた、ネロの『慈愛』が絶対に必要。だから『お互いに鍵を掛け合っている』ってことだ」

「そんな……」

「これがペットロスの厄介で、皮肉な矛盾点だ。酷い飼い主は陥《おちい》らず、犬が望んでいる優しい飼い主ほど陥《おちい》るのだからな……」

夢丸の憂《うれ》いは、志ある犬キューピットのマリにもよく理解できた。

だが、夢丸が語る次の手段にマリは驚く。

「仮に、もしもこのまま、りんねがペットロスで社会復帰が困難となれば、犬を飼う行為全体に大きな支障をきたす。その場合、『**絶対解除**《ぜったいかいじょ》』の非常手段を取らねばならない」

恐ろしいほどの夢丸の形相に、マリはごくりと息を飲む。

「絶対解除の手段。それは『**愛犬の魂の消滅**』だ」

「ちょ、ちょっと待って、それってまさか、ネロの消滅ってこと‼」

青ざめたマリはサマヨイのネロを慌てて抱きしめてかばった。

「ペットロスの対象となる犬の魂が消滅すれば、飼い主は『**犬への興味を失う**』

代わりにペットロスからは解除される」

「それはダメ‼　絶対。だってそれじゃ、あのヨンバンが言ってた『犬の独立』

につながるってだけでしょ‼」

「そういう事だ。だから奴はあの時、俺たちを追いかける必要がなかった」

あらためてヨンバンの最後の言葉が突き刺さる。


私の犬の独立が本気であることを思い知るがいい

ここまで追い詰められた夢丸はこの宣言の重みを認めざるをえない。

「奴が言ってた『犬の独立』はハッタリではないようだな。このままではどっちに転んでも一歩前進する。逃げ道はない……」

だが夢丸は、そこまで悟った時、思わぬ想いに達した。

ヨンバンの執念に逆に『敬意《けいい》に近い感情』が芽生える自分に驚いた。

（なにか、大切な事を見落としている気がする……）

そんな夢丸は、ふと『消滅の矢』を止めたマリの行動を思い出した。

「マリ、お前はなぜ、奴を消せばネロが道連れになると知ってたんだ」

戸惑うマリ。首をふる。

「それは知らなかった」

「えっ、じゃあ、なぜ俺を止めた」

マリは困惑し言葉に詰まる。しばらく無言の後、なんとか言葉を絞り出す。

「わからない……」

「おいおい」

「でも……あの呪犬はきっとまだ何かを隠してる気がした」

「何を根拠《こんきょ》に言ってる。適当にかき回されちゃ困る」

「根拠って……わからないけど……しいて言えば女の勘かしら」

夢丸は呆《あき》れ、ふぅとため息をついた。

「話にならねぇ。そんなんじゃ、足手まといだ。後は俺一人でやる」

時間はない。これ以上自分のペースを乱されたくない。

立ち去ろうとする夢丸にマリは最後のつもりで自分の話をした。

「私のお母さんは**繁殖犬**《はんしょくけん》だった……『ハチバン』と呼ばれていて、いつも檻の中にいた記憶がぼんやりある」

夢丸の脚が止まる。

「でも生きていた時はそんなの考えこともなかった。愛情をたっぷりそそいでくれる家族と幸せに暮らしたわ。私が**繁殖犬**《はんしょくけん》の存在を知ったのは、ずっと後。犬キューピットになってからよ。それでやっと気付いた。あぁ、私のお母さんは**繁殖犬**《はんしょくけん》だったと……」

「……」

ピンと夢丸の直感に触れるものがある。気が変わった。

「おい、そういえばお前、前に誘導がうまく出来ないと言っていたが、解決はしたのか？」

マリは自信なさげに首をふった。

「お前のやり方を見てやる。俺をお前のターゲットに連れて行け」


マリは夢丸とネロをとある郊外の一軒家に連れて来た。建築年数がわりとたっているが小奇麗な小さな家だ。ここには若い夫婦が住んでいる。

夫婦は共にきちんとした身なりをしている。夫はすらりとした長身で見栄えがいいが、どこか自信なさげな目をしている。妻も正にクールビューティーで美男美女のお似合いの二人に見えるが、部屋にはどこか冷たい空気が張り詰めている。そこに飼われている一匹の犬。

その犬はまだ一歳くらいのオスのパピヨンだ。

「おい、ポチ、じゃまだ」

夫の方がパピヨンを軽く蹴飛《けと》ばして道をどけさせた。

「何すんの!!　それにセイヤをポチとか変な名前で呼ばないで!!」

妻が夫に文句を言ったが、それが夫の機嫌を更に悪くした。

「犬なんてみんなポチでいいんだ。だいたい僕はその名前が気に入らない」

「何言ってんの。いちいち犬の名前にケチつけるなんておかしいでしょ」

夫婦はそのまましばらく罵声《ばせい》合戦《がっせん》をしだした。その間、犬は居心地悪そうに部屋の隅で小さく丸くなっている。犬の存在が空気を悪くしているようだ。


そんな息詰まる光景を夢丸は冷静に眺めている。

「そういう事か」

夢丸はこの犬の状況はわかったようだ。マリに尋ねる。

「要は、念の矢での誘導の基本の四つの心『**慈・憎・希・絶**』をお前がどこまで理解してるかって事だ。お前の考えを言ってみな」

マリはちょっと自信なさげに答えた。

「慈は『**慈愛**』弱き者に常に注ぐ愛。犬キューピットの一番大事な心。

憎は『**憎悪**』憎み嫌う事……

希は『**希望**』未来に望みをかける。生きるためのエネルギー。

絶は『**絶望**』望みがなく諦める心」

そう言い終えたマリは、じっと腕組みをして聞いている夢丸の反応を緊張してうかがう。

「なるほど……」

話を聞いた夢丸はぶっきらぼうに次の問題を突きつけた。

「じゃあ、ものは試しだ。やってみな」

セイヤと呼ばれる犬が原因と思われるこの夫婦喧嘩《ふうふげんか》。ここからの解放を何度も試しているが、なかなかうまくいかない。気おくれする。

「ちゃんと込める念の意味も教えろよ」

「は、はい」

マリは念の矢を取り出した。

「私が思うに、男の方が犬を嫌っている。そのせいで夫婦仲も良くない。だから軽い『**絶望**』系の言葉を選び、男の『**憎悪**』を刺激して犬を手放させようと思った。でも捨てるのは危険すぎる。だから念はこれ」

（《《**誰か貰《もら》ってくれる人を探そう**》》）

マリの矢に念がこもる。けれど、自信はないから矢は放てない。

「いいから、やってみな」

夢丸に言われて仕方なく矢を射るが、悪い事に当たった夫の機嫌がさらに悪くなり、犬のセイヤを睨《にら》みつけた。

「誰かこの犬、貰ってくれる人いないか？　こんな犬いらねぇ」

夫がそうぼやくと、妻は怒り、また夫婦喧嘩《ふうふげんか》が始まった。

またうまくいかなかったと、マリは落ち込み、はぁと肩を落とした。

「お前は大きな間違いを二つしている」

夢丸の指摘にマリは驚いた。しかも二つもなんて見当がつかない。

「一つめは、あの男の狙う筋は『憎悪』じゃない。『慈愛』だ」

「えぇぇっ‼」

マリは心底驚いた。

「そして二つめ、お前はさっき、『絶望とはあきらめる心』と言ったがそうじゃない。絶望とは『無』だ。何もない。怒りや嫌悪でも感情がある限り、それは絶望でない。どんなに歪んでいてもそこには『希望』がある」

「はぁ……」

マリは驚きすぎて言葉が出ない。

「あの男は確かに犬は好きではない。だが嫌いでもない。あの男が求める本心の根っこはあの女への『愛』。そしてそのお返しだ。さっき犬の名前でもめてただろ。そこんとこ、もうちょっと探ってみな」

目から鱗《うろこ》だった。マリは言われるまま、犬の名前『セイヤ』の由来を調べに記憶の中に侵入してみる。

―幼いころの記憶
一人しかいない家、犬のぬいぐるみを抱える少女
愛犬セイヤにどこか似ているぬいぐるみ
「セイヤだけは、ずっと一緒にいてね」
少女はぬいぐるみに語りかける
少女の淋しい心の穴を埋めているぬいぐるみ

―思春期の記憶
「ないっ、セイヤがない!! てめぇ、セイヤをどこへやった」
怒鳴りつける少女に母親は何事もなかったように応える
「あんな汚いぬいぐるみなんて捨てたわよ」
絶句《ぜっく》する少女
「てめぇって奴は……どこまで残酷な奴なんだ!!」
激しい罵《ののし》り合いとなり、そのまま怒りにまかせて家を飛び出していく

―そんな記憶が見えた。

「さぁ、どうする」

夢丸がマリに問いかけると、マリはしばらく考えて答えを出した。

（（（名前の由来《ゆらい》を話してごらん）））

明らかにさっきより心が軽く矢を放てる。すぐに妻に変化が現れた。

「セイヤってね、子供の頃持ってた犬のぬいぐるみの名前よ!!」

妻は夫に向かって吐き捨てる様に言った。

「はぁ、ぬいぐるみ……なんだよ、それ？」

「小さい頃のたった一人の友達。大事な大事なぬいぐるみに付けてた名前よ。それを、中学の時、うちのババアが『汚いから』って一言で、簡単に捨てやがった……うっ……わぁぁぁん」

その時の記憶が溢《あふ》れ出てきた妻は、こらえきれずに美しい顔を崩して、少女の様に泣きじゃくった。つられて夫も泣き出して叱った。

「なんで、もっと早く言わないんだよ。君が言わないもんだから、僕はてっきり昔の男だと思ってたよぉ」

「だって、いい歳して、ぬいぐるみの名前だったなんて恥ずかしい」

「バカ‼　そういうのはいいんだ‼」

夫に変化が起こった。犬に対する慈愛がみるみる湧き出ている。

部屋の隅にかけより、セイヤを優しく抱きかかえた。

「セイヤ、これからは仲良くしような」


矢一本で、犬は捨てられる事なく、逆に愛され、夫婦仲まで良くなった。

「凄い……」

状況の劇的な好転に、矢を放ったマリ自身も驚いていてしばらく呆然《ぼうぜん》としていたが我に返り、恥ずかしそうにうつむいた。

「今までは幸せにするどころか、かき回していただけだった……」

うつむくマリを、夢丸は珍しくなぐさめた。

「お前は『**慈愛と希望**』には多弁だったが、『**憎悪と絶望**』には言葉が足らない。

だからわかってないと気付いた。だが、何も恥じる事はない。それは飼い主に可愛がってもらえた証拠だから。ただ、ちょっと今回は背伸びしすぎたと言える。それも向上心あっての事、仕方ない」

マリはこわばっていた表情を少しほぐして顔を上げた。

「吉丸の言った通り、お前には見込みがある。マリ、俺に力を貸してくれ。ネロを助けるには時間がないんだ」

「えっ、いいの？　私で、本当に……」

マリは初めて夢丸に認められて喜び、初めて無邪気な笑顔を見せた。

「冷酷な飼い主には何事もなく、犬が望むような優しい飼い主ほど陥《おちい》るペットロスの矛盾《むじゅん》。だが、これを修復する事こそが、我ら、犬キューピットの存在を示す使命。ヨンバンは己の消滅も覚悟の上で**犬の独立**に挑《いど》んでいる。ならばこちらもそれなりの覚悟を決めねばなるまい」

夢丸に覇気《はき》が戻った。マリに力強く宣言する。

「ネロも、そしてりんねも、絶対に助ける。マリ、頼むぞ‼」

「はい!!」

マリもそれに力強く応えた。

初めて群れをつくった夢丸。ちょっとこそばゆい心持ちでいる。

とはいえ、問題解決はこれからが本番である。確かな解決策なんて、今は夢丸にもまったくない。ただ、ぼんやりとしたものはある。

「りんねから手を打とうと思う。なぜなら、ネロがサマヨイになった原因は、『**りんねのペットロス**』のただ一つ。だが、そのりんねのペットロスは複雑な要因が絡み合っている。一見、そっちの方が難しく思えるが、逆に突破口は見つけ易いってのが俺のやり方だ」

マリはなるほどと納得がいく。さっきのセイヤの件もそんな感じだ。

だが、そこで思考はしばらく行き詰る。

長い沈黙の後、意外な所から突破口は開く。マリの何気ない一言だった。

「ネロとりんねにも『**合鍵**《あいかぎ》』があればいいのにね」

「あいかぎ？……なんだそれ」

「**新しい鍵**《かぎ》のことよ。生前の話だけど、私の家のドアを見知らぬ男が開けようとしてたから、吠え猛ったんだけど、それを止めたのはなんと飼い主だったの。なんでも鍵を無くしちゃったから、新しい鍵を作ってもらったって言ってた。それが**合鍵**よ。もちろん、それを理解したのは犬キューピットになってからだけどね」

「新しい鍵……『**新しい犬**』って事か」

夢丸の目が鋭く光ると、マリはちょっと緊張して、身体を強張《こわば》らせた。

それには訳がある。

「あ、もちろん。新しい犬が禁じ手だって事くらい私も知ってます」

犬キューピットの習いで、ペットロス後にすぐ次の犬を与えるのは、罪悪感《ざいあくかん》からかえって症状を重くする恐れのある禁じ手と言われている。

「普通はな」

夢丸の目がさらに鋭く光る。何かを閃いている。

「ならば、普通でない犬との出会いならどうだ」

夢丸の頭の中に一匹の犬の姿が浮かんでいる。

「例えば、ネロの同じようにに不幸な飼い主の元で暮らす犬」

「あっ」

マリにも夢丸が何を言わんとしているかわかった。

「あの犬ね。たしかアリスだったたっけ」

夢丸はうなずいた。その犬は、マリがネロの行方不明を知らせに言った時に夢丸が観察していた犬だ。

「不幸な状況で飼われているアリスとりんねが**『運命の出会い』**をすれば、りんねはそこにネロを感じて、心を開いてくれる可能性は高い。それにアリスも助ける事が出来る。まさに一石二鳥。ここに賭ける価値はありそうだ」

閉ざされていた道先に一筋の光が差した。

十　アリスを手放せ

夢丸たちはネロとりんねの救出の為、その切り札アリスのもとへ再び来た。今日は飼い主もすでにいる。ソファに座り、テレビを眺めている。あいかわらず不機嫌そうにピリピリした緊張を部屋中に張り巡らせている。

アリスはその緊張から逃げるように、部屋の隅で丸くなり、ビクビクして飼い主の動向をうかがっている。その緊張はネロにも変化を与えた。

「ネロの様子がおかしいわ」

マリが、どこか落ち着かないネロの変化に気付いた。

「この不穏《ふおん》な空気を感じているのもしれない。だが、そいつは朗報《ろうほう》だ。どんな反応でもあれば、そこに突破口を見出せる」

夢丸はネロの変化を喜んだ。

「アリスもこのままならサマヨイ行きは確定だな」

「でもこの飼い主は絶対ペットロスにならないんでしょ。本当に皮肉ね」

「まぁな」

夢丸はこの飼い主の部屋を一通りぐるりと見まわし、色々と策を練る。

しばらくして出来上がった一つのプランをマリに話した。

「今回は時間がない。だが、ペットロスで引きこもる今のりんねと、アリスを直接出合わせる事はあり得ない。今回もあそこに頼むしかない」

「あそこ？」

「保護犬活動をしている『犬キューピット倶楽部』の真澄って人だ。とりあえずアリスをそこに保護してもらう。りんねとアリスが出会うのはそれからだ」

「わかった」

「まずはこの飼い主を調べるぞ」

夢丸とマリはこの飼い主の記憶に侵入した。

そこは裕福な家庭だった。小学生の頃らしい
「諒河《りょうが》、お前の名前の由来は、他の者を越えていくという期待を込めた」

父親から有言無言の圧
「諒河、そうじゃないでしょ。お兄ちゃんとお姉ちゃんを見習いなさい」
母親からの否定
「青沼さんの一番下の子。上の子達はあんなに出来が良いのに残念ね」
「青沼、このままじゃや行ける高校ないぞ」
周囲からの向けられる好奇な目
「諒河、金は出す。マンションで一人暮らしさせてやる。これでもう少し大人になりなさい」
さりげなく家族から遠ざけられる
一人で周囲の目もなく、好き放題の遊び三昧
だが、女の子にはさっぱりモテない
「犬がいると言えば、女なんてすぐに家に来るぞ」
悪友からのアドバイスに軽い気持ちで乗っかり、アリスを購入
それでも、まるでモテない

しだいに犬の世話に手をやきだす

「犬なんていたってモテねぇじゃん。あいつ、騙《だま》しやがった」

夢丸とマリは記憶から戻った。

「奴の名は青沼諒河《あおぬまりょうが》。根の気質は『憎悪』。性格は自分に甘く人には厳しい」

夢丸はそう分析した。

「飼い主としては最低ね」

「あぁ、だがこの手の奴は誘導は割と簡単だ。楽な方へ誘えばすぐに反応する」

時刻は六時になった。

アリスが恐る恐る青沼に近づいた。青沼はアリスを睨《にら》みながら言った。

「何だ、飯か。どうせお前は飯の時しか来ないからな」

青沼はぶつぶつ言いながら、アリスのフードの用意をしだす。

夢丸は念の矢を取り出し、マリに説明した。

「とりあえず、今日は念の矢を一本射ち、アリスを手放す揺さぶりをかけておく。これで明日『犬キューピット倶楽部』とのやり取りがうんとやり易くなるんだ」

マリはうなづき、動向を見守る。

夢丸は、フードをアリスに差し出す青沼へ放つ矢に念を込める。

（《《めんどうだ》》）

これだけで今日はここを去り、犬キューピット倶楽部の真澄の方の準備に取り掛かるつもりだった。ところが事態は急変した。

「あぁ、めんどくせぇ」

夢丸の思惑《おもわく》どうりの感情を青沼はおこしたが、それは予想を超えた。

「めんどくせぇ、めんどくせぇ……めんどくせえだけで、女にもモテねぇ、可愛げもない。あぁぁぁっ、もう犬いらねぇ」

焦《あせ》る夢丸をあざ笑うようにあふれ出す青沼の不満。

「そうだ、断捨離《だんしゃり》だ!! 犬、捨てよっ!! 俺、賢い」

途端、青沼は突然わいた自分の閃《ひらめ》きに酔うように、鼻歌まじりでテキパキとアリスを捨てる準備に取り掛かる。

呆然《ぼうぜん》とする夢丸とマリ。

「夢丸……これってマズイ感じだよね」

「ちっ、暴走だ。見誤《みあやま》った」

青ざめる夢丸。らしくない計画ミスはネロからの焦《あせ》りからだろうか。

「犬はどこに捨てりゃいいんだ。生ごみでいいのか」

常識外れの青沼の言動がマリを激昂《げっこう》させた。

「ちょっと、何言ってんのこいつ!! 夢丸、どうしよ、どうしよ……」

取り乱すマリに、逆に夢丸は冷静さを取り戻した。

「何も犬キューピット倶楽部にこだわる必要はない。なんとか別の保護会までたどり着かせる」

夢丸は再び、念の矢を取り出し、構える。

（《《ボランティアに丸投げしちまぇ》》）

夢丸の矢で、準備する青沼の手が止まった。何かを思い出したようだ。

「あ、そうだ。そういや、前に保護犬会とかいう奴らが来たことがあったな。いつでも犬を引き取るって言ってた気がする……」

狙い通りの青沼の閃きを、夢丸たちは息を飲んで動向を見守る。

「いいよ。その調子」

だが思わず呟いたマリの一言は、あっけなく砕かれる。

「あいつら、俺が犬を手放すの見越してやがったのか。むかつくぜ。あいつらだけには絶対に渡さん」

怒りで青沼の断捨離《だんしゃり》の手際《てぎわ》はさらに早まる。

「ちっ、また裏目に出ちまった」

誰でも運の悪い時はある。今日の夢丸はやる事なす事、裏目に出る。

「こうなりゃ保健所しかねぇ」

「え、それって殺処分する所じゃないの!!」

「ああ、だが大丈夫。それまで五日ほどあるから手が打てる」

保健所の事は誰よりも知っている自負がある。

（《《保健所でいい》》）

夢丸の矢が当たると、再び青沼は手を止め、少し考えて結論を出した。

「まぁ、普通に保健所にもってきゃいいか。面倒だし」

ほっと一息いれる夢丸。

だが、青沼とは別の、禍々《まがまが》しい気配が近づいて来るのを感じ取る。

「まずい、奴が来る!!」

「え……」

すぐに戸惑うマリの背後に忍び寄る気配。呪犬のヨンバンだ。

「なかなか、楽しそうなことをしてるわね」

ヨンバンは動揺する夢丸を、可笑《おか》しそうに眺めた。引き連れるサマヨイの数がさらに増えていて夢丸の不安をいっそうあおる。

「マリ、ネロを頼む!!」

慌ててネロをかばうマリ。だがヨンバンは冷ややかに告げた。

「私なら、何もしないわ。ただ眺めるだけよ」

「そんなの信じるわけねぇだろ」

「だって、あの男なら私の誘導より、ずっと面白い事してくれそうだもの」

（ちっ……こいつ、ほんとに鋭いな）

確かにこの男の行動は読みづらい。誘導は容易《たやす》いが制御は難しい。

「ほら、見て!! あの男から出ている毒々《どくどく》しいオーラ」

夢丸はヨンバンを警戒《けいかい》しつつ、横目でちらりと青沼を見ると、確かに黒と灰色の醜《みにく》いオーラを身体から漂《ただよ》わせていた。驚いたのは、その周りをヨンバンの連れてきたサマヨイ達が嬉《うれ》しそうに走り回っている事だ。

「あれでも、あの子たちは人間と触れ合っているのよ。健気でしょ」

青沼は暗黒のオーラの発散と同時に、また予測不能な行動を起こす。

「待てよ、保健所っていったら、タダで取られるわけだよな。そいつは勿体《もったい》ねぇ。なにしろ凄ぇ高かったからな」

青沼の笑いゆがめた口元を見れば、ゾゾと寒気が走り嫌な予感しかない。

「そうだ、潤に売っちまおう。あいつこの犬、気に入ってたからな」

どうやら友達にアリスを売り飛ばすらしいが、マリは少し楽観的にみた。

「でも、その友達がいい人だったら、少なくともアリスは助かるわよね」

けれども逆に夢丸は悲観的に呟いた。

「類は友を呼ぶ。こいつの友達だ。どうせロクな奴じゃない」

青沼は潤という友達に電話をかける。

「あっ、俺だけど、今度、犬を手放すことにしたんだ。そいでさ、お前、ずいぶん気に入ってたから、まず声をかけたんだ」

《《《ほんとか!! あの優勝した血統の奴だよな》》》

「ああ、それ。潤なら五万でいいよ。買ってくれよ」

《《《五万か、全然いいな。あ、でも俺んとこ、ペット禁止なんだ》》》

「なんだそうか……ダメか」

あきめかけた青沼に、この友達はとんでもない案でそそのかしてきた。

《《その犬の『**声帯**』を取っちゃってよ。そしたら十万で買うわ》》

夢丸とマリは仰天して青ざめた。

「な、なんて酷い事!!　よくもあんなに軽々しく……」

「言わんこっちゃねぇ!!」

一度取ってしまった声帯は二度と戻る事はない。

犬にとって鳴くことは、大切な伝達の道具である。それを自分の都合でいとも軽々しく奪う選択をするこの友人もやはり冷酷で残酷な輩《やから》だった。

「それってどういう事だ？」

今一、事情を呑み込めない青沼に潤はじれったそうに説明した。

《《声帯がなけりゃ、もう犬は鳴けないから、大家にばれないだろ》》

「おぉ、なるほど。わかった。さすが潤は賢いな」

二つ返事で電話を切った青沼はタダだったものがお金になる事を、無邪気に小躍りして喜んでいる。金には困ってないのに、妙に失うのを惜しむかと思えば、普段は怠け者のくせに、奇怪な行動だけ喜々として動き回る。

「こいつ、ホントにめんどくせぇな」

思わず愚痴《ぐち》る夢丸を、ヨンバンは可笑しそうに冷やかす。

「あははは、私の思った通り、この男、見てるだけの方が面白い。やはり人間なんて、所詮《しょせん》こんなにも醜《みにく》い生き物。こんな奴らと共存なんて、いかに愚《おろ》かな選択という事に、あなたも納得せざるをえないでしょう」

返す言葉がない。

「うるせぇ、邪魔《じゃま》すんじゃやねぇ‼」

八つ当たり気味に飛び掛かるも、ヨンバンは笑いながら、そのまま消えた。

気を取り直して青沼に向き合うと、奴はスマホ片手に何か調べ物をしている。焦《あせ》るマリも夢丸にたずねる。

「あいつ、何してるの？」

「おそらく、声帯除去の手術を行う病院を探してる」

「早く止めないと‼」

「ああ、言われなくても……いや、待て」

その時、夢丸に一つの閃きが降りる。

「そうだ、病院だ。こいつをネロが死んだ『伏診どうぶつ病院』に連れて行く」

「え、どうゆうこと？」

「あそこの先生はよく知っている。声帯除去なんて酷い手術なんてする人じゃない。それにあの病院なら、きっとりんねも運命を感じてくれる」

「なるほど!!　それ、ステキ!!」

「俺は病院の決定に集中する。お前に奴の集中力を乱してほしい。出来るか？」

「やる!!　絶対」


夢丸とマリは急ぎ、誘導態勢《ゆうどうたいせい》を整えた。

念の矢を取り出して構えるマリの手が緊張で震える。夢丸が自分を頼りにしてくれる。絶対にそれに応えたい。

時間はない。ぐっと集中させて思考を張り巡らせる。

「奴の気質は『憎悪』。性格は自分に甘く、他人に厳しい……」

夢丸のアドバイス後、本当に目から鱗《うろこ》が落ちたみたいに憎悪系の心の動きの見え方が劇的に変わっている。

「見える‼　集中力を乱すには、とにかく面倒にさせればいい」

マリは矢に念を込める。

（（（たくさんあるな）））

矢が当たった青沼の眉間《みけん》にしわが寄る。

「ちっ、けっこうたくさんあるなぁ」

マリは立て続けに矢を射る。

（（（眠くなってきた）））

（（（めんどうだな）））

もはやサンドバック状態だ。マリの矢がバシバシ決まる。ついに、青沼の眠気が勝り、あやうくスマホを落としかけた。チャンス到来。

マリの渾身《こんしん》の念を込める。

（（（どこでもいいや）））

そして、ついに青沼は言った。

「あぁ、面倒くせぇ。もうどこでもいいや」

スマホをいじる指は遊びだし、スロットマシンの様に運まかせにした。

心のすき間は全開になっている。すかさず満を持した夢丸が動く。


（（（伏診どうぶつ病院）））

（（（伏診どうぶつ病院）））

（（（伏診どうぶつ病院）））


立て続けに放つ、狙い定めた矢。

青沼の無防備の心の中に病院の名が無意識に摺《す》り込まれていく。

「ここなんか気になるな。『伏診どうぶつ病院』にしよう」

ついに青沼が狙いどうりの選択をした。

「わぁぁっ、やった!!」

飛び上がって歓喜するマリを夢丸は冷静にたしなめる。

「おい、まだ終わってねぇぞ。本当に難しいのは次だ。行くぞ!!」

急ぎ、伏診どうぶつ病院に向かい、待ち伏せるのだ。


青沼より一足先に病院へ着いた夢丸とマリは、その間に病院の事情を調べておく事にした。

伏見先生の人柄はわかっている。問題ない。後は助手の先生二人と受付の若い娘さん。若い受付さんは、まだ仕事は不慣れな感じだ。みんなから『春ちゃん』と呼ばれている。夢丸はマリに教えた。

「この娘のオーラの揺《ゆ》らぎ具合を覚えておくといい」

「どうして」

「流れが定まってない。まだ仕事に不慣れだから、隙だらけだ。こんなオーラの人は誘導がし易いんだ」

「なるほど」

夢丸は他にも病院のあちこちを観察して、何かを計画を立てている。

そうこうするうち、青沼が病院に到着した。その間、この病院を不自然に選んだ事にも、特に疑問も抱いていない。そもそも何事にもさほど考えずに生きていている。アリスの声帯を奪う事にも、深い感情は何もない。スマホのプランを替えるくらいの軽い気持ちでここに来た。

アリスを抱えて院内に入り、受付に向かう。

「どうなされました」

春ちゃんがたずねると、青沼は何の抵抗もなく応えた。

「こいつの声帯《せいたい》を取ってくれ」

「え……」

春ちゃんは聞き違いかと動揺すると、青沼は小馬鹿にして繰り返した。

「だから、こいつの声帯を取ってくれって言ってんの」

「ちょ、ちょっとお待ちください」

春ちゃんはびっくりして、あわてて伏見先生のいる診察室へ向うと、先生はもう入口で待ちかまえていて、小声で春ちゃんに言った。

「あぁ、聞こえてた。時々、こういうのが来るんだ」

（《《**救い出せ**》》）

「そうだな……断るのは簡単だが、それじゃ済まさん」

伏見は見るからに悪質そうな飼い主から、ふいにこの犬を救出する気になっていた。夢丸の誘導だ。

一度、鏡で自分の顔を見て無理やり笑顔を整えてから受付に向かい、この招かれざる来院者に一礼して言った。

「話は聞きました。折角《せっかく》ですが、うちではその処置は出来ません」

「は……うそだろ……」

青沼は断られる事なんてまるで頭になかったので、しばらくぽかんとしたが、気質『**憎悪**』のこの男は、それを馬鹿にされたと受け止め、その報復として醜《みにく》い悪態をつきだした。

「なんだ、お前のとこはこんな簡単な手術もできないのか」

カチンときた伏見の背中が、怒りをぐっとこらえて小刻みに揺れる。

「いやぁ、そういう問題ではないです。ここは犬の為の治療をする所で、人間の都合で犬の健康を奪うことはしない。それだけです」

十分、言葉を選んだつもりだったが、青沼は無意識ながら、自分が見下されている事を察して、その劣等感を隠すため、さらに悪態《あくたい》をついてきた。

「何にも知らないのに偉そうに。いいか、これはこの犬の為に仕方なくやるんだ。俺は都合で飼えなくなり、仕方なく手放す。だが、運よく引き取り先は見つかった。その人の依頼でやるんだ。だから、これは犬の為なんだ!!」

この緊迫《きんぱく》したやり取りをマリはハラハラしながら見守る事しかできない。ちらりと横目で夢丸を見ると、夢丸は冷静に動向を観察しながら、矢を構えてその時を待っていた。

厄介《やっかい》な依頼者から、無事に犬を救出させる伏見の説得は続く。

「でも、以前は多少ありましたが、今、この県でその手術する病院はないですよ。いろいろうるさくなってる時代ですからね」

これは伏見のハッタリだ。とりあえず言ってみた。ばれた所でしらを切ればいいと居直った。だが、これが思いのほか効いた。

「……」

青沼の憎悪は行き先を閉ざされて混乱し、心の隙が出来た。夢丸の目が鋭く光る。もちろんこのチャンスを見逃してはいない。構えた矢を放つ。

（《《**面倒くせぇ**》》）

この一撃は青沼の感情の矛先《ほこさき》を大きく混乱させた。顔が苦悶《くもん》にゆがむ。これまで面倒な事からは極力逃げて生きて来た。当然の結果だ。

そして、伏見もそれを見逃していなかった。

「もし、行先で困っているなら、うちで預かりますよ。保護会をいくつか知ってますから」

もう決まったも同然と思いたいが、そうはいかなかった。

青沼の歪《ゆが》んだこだわりは、次の暴言へ続く。

「いくら？」

「もちろん、手数料ならいりません」

「手数料って、こっちが払う事だよね。あの犬いくらしたと思ってんの」

今度は伏見の眉間《みけん》がピクリと歪む。

「まぁ、希少品種ですから、安くないのはわかりますよ」

「だったら、二万で引き取ってくれねぇか。それでこの犬が助かるんだ。安いもんだろ」

ついに伏見の堪忍袋《かんにんぶくろ》の緒が切れた。

「あなた、それは立派な脅迫《きょうはく》ですよ‼　わかって言ってますか‼」

伏見の怒号《どごう》が響《ひび》くと、医院中にピリピリしたオーラが張めぐされた。

（（（**捕まるぞ**）））

青沼の頭に沸いた恐怖。伏見の怒りに便乗した夢丸の念の矢。

「あわぁぁあっ」

これに青沼は顔面蒼白《がんめんそうはく》になり、尋常《じんじょう》でないくらい動揺した。

マリは不思議でならない。

「なんで、こんなに怯えてるの」

「こいつはガキの頃に補導歴があるからな。嫌な事思いだしたのさ」

青沼の動揺は伏見を一気に有利に導いた。だが、伏見はあえて、青沼を追い詰めることはせず、穏《おだ》やかに手放す事を勧めた。

「今まで、よく面倒見てましたね。どうか楽になってください」

これには夢丸はうなるほど感心した。

「うまい‼」

それならばと、これにかぶせた矢を放つ。

（《《**丸投げしちゃえ**》》）

ついに青沼は「あぁーっ」と叫んで天を仰いだ。

「マジでめんどくせぇ」

思わず本音を呟いた青沼に放つ、夢丸の次の矢。

（《《**楽になれ**》》）

ついに青沼は我慢の限界が来た。

「勝手にしろ‼」

それだけを吐き捨てて、逃げるように病院から出て行った。

アリスは無事に安全な形で保護されたのだ。

しばらく沈黙の後、院内全員、はぁと緊張を解いた。

もちろん夢丸とマリも同様だ。

「よし、やった‼」

珍しく夢丸が感情を表して喜んだ。マリも大喜びで飛び跳ねている。

「夢丸、今度は大喜びしてもいいわよね」

「何言ってんだ、まだネロもりんねもこれからだ。とはいえ、一番の難所を越えたのは確かだな」

伏見はやれやれと待合室の椅子《いす》に座ると、思わず愚痴《ぐち》をこぼした。

「近頃の飼い主のバランスの偏《かたよ》りはしんどい。愛情過多か、冷酷か、とにかく崩れてる」

それを聞いた夢丸はドキリとした。その台詞《せりふ》どこかで聞いた。

そう言えばヨンバンも同じことを言っていた。

「夢丸、次はどうするの？」

マリがたずねる。もう完了した様な気になって、目を輝かせている。

「繰り返すが、気を緩めるのはまだだぞ」

夢丸はそう釘をさして、次の策を話す。

「次はいよいよりんねの誘導だ。りんねの気質は『慈愛』。性格は自分に厳しく、人には優しい。飼い主としては申し分ないが、ペットロスになった場合、責任は全て自分に抱えてしまい、誘導はかなり難しい」

マリは目を輝かせて聞き入る。新鮮な話ばかりだ。

「まずは俺たち、犬キューピットの存在をりんねに知ってもらう」

「出来るの？　そんな事が‼」

マリは夢丸の策に耳をかたむけた。

十一　藍子の朗読

りんねがペットロスで学校を休んだ。

その知らせは、藍子をどん底に突き落とした。それを聞いた瞬間からの記憶は途切れ、気が付けば保健室のベッドに寝ていた。

目覚めた藍子を二人の担任、中野先生が慰《なぐさ》めてくれた。

「俺も犬を亡くした経験があるから、杉原の気持ちはよくわかる。早く立ち直ってくれるといいな」

先生の言いたいことは身に染みる。けれども、藍子は今、自分がやるべき事は一つしかないと自覚していた。

「今から、りんねの所に行きます。行かなければいけないんです」

「そうせくな。今は杉原も辛い所だが、そんなに思い詰めてはいかん。時が解決してくれる事もある」

一度はそう思った。けれども窓から校庭を眺《なが》めると、校庭に走る電線に停まっていた十数羽の雀が、いっせいに飛び立ち、隣の木に移った。そうかと思えば、また飛び立ち、ぐるりと一周廻ってまた元の電線に戻る。

（楽しそうだな……）

仲間たちと生き生きと遊ぶ雀の様子を見ていたら、ふと自分もりんねとの楽しい時を思い出して、いてもたってもいられなくなった。

やはり、自分は行かなければいけない。

藍子は先生の制止を振り切り、早退してりんねのところへ向かう。


学校を出て、電車に乗ると、三つ先の駅で電車の乗換えがある。ホームのベンチに腰掛けて電車を待つしばらく間、色々な想いが浮かぶ。

（りんねのところへ行っても何を話せばいいのだろう……）

（自分に何ができるだろう……）

不安に圧迫されそうになる。

あんまり考え過ぎて、気が付けば乗るはずだった電車は行ってしまった。

「はぁっ、もう何やってんの」

ささいな凡ミスが傷心の藍子の自己嫌悪《じこけんお》にさらに追い打ちをかけた。身体から力が抜け、ぐったりとまたベンチに座りこんだ。

昼になり駅内が急に騒がしくなってきた。ぼんやりと人波を眺《なが》めてみる。

一人の女性の姿がやけに気になった。

目立つピンクのキャップをかぶり、大きなトートバッグを抱えている。二十代と思われる。自分より少しお姉さんだろう。

そのままぼんやり眺めていると、その女性はどんどん近づいてきて、あらかじめ決まっていたかのように、ごく普通に空いていた藍子の横に座る。そして抱えていたトートバッグを藍子の方に向けて置くと、そこに描かれていたイラストが藍子の目に飛び込んで来た。

「犬……天使？」

そのイラストを見た藍子は思わず小さく呟いた。

初めて見る犬のイラスト。犬だけど、二本足で立ち、白い服を着て、羽が生え、頭にには輪っか。普段なら間違いなく気にも留めない普通のイラスト。

けれどりんねのペットロスに心痛める、今の藍子の心を、グサリと捕らえて離さない。不自然にそのイラストをガン見した。

「あ、これ。犬キューピットって言うの」

不自然に自分のバッグをガン見る女子高生に気付いたその女性が、わざわざ口を開き教えてくれた。

「犬キューピットは人と犬が仲良く暮らせるように、密かに働く、そんな設定なのよ」

女性は少し照れながら語る。

「うぅうっ。わぁぁん」

犬キューピットの存在なんて今の藍子にはドンピシャすぎて、衝撃であふれ出る感情を抑えきれない。その場で顔を覆《おお》い、泣き崩れた。

女性は少し驚いていたけれど、なぜか慣れた

様子で藍子を介抱《かいほう》した。

「あなた、何か犬の事で大変な悩みがあるんでしょう。私は保護犬の活動をしている。廣田真澄といいます。良かったら聞かせて」

泣きじゃくる藍子だが、声を絞り出して応えた。

「私の……大切な友達が……私のせいでペットロスで苦しんでいるです」

「そうなのね、やっぱり」

女性はすごく納得できたようで大きくうなづいた。

「今日の昼ごはんに、なぜか急に、どうしてもこの駅のパンが食べたくなったの。おかしいなと思ったけど、そんな時はいつも犬がらみのステキな出会いがあるから、その気持ちにまかせてみたら、やっぱりあなたに出会えたわ」

「はぁ……」

想定外な女性の言葉に藍子は戸惑《とまど》う。

「この手口、きっと夢丸だわ」

「夢丸……？」

「私には凄腕《すごうで》の夢丸っていう犬キューピットが憑《つ》いているんだって」

女性がさらりと話すのは、雲を掴《つか》むような不自然な話。

「こんな話、いい大人が真剣に語ったらドン引きされるかな」

「はぃ……い、いえ」

「あはは、いいのよ。無理しなくて」

屈託ない真澄の微笑みは、閉じていた藍子の心を少しほぐした。

「大丈夫です。私のその友達もなかなかの不思議ちゃんですから、慣れてます」

「おぉっ、それなら、話は早い‼」


真澄はそのままベンチで藍子の話を聞いてくれた。ネロとの出会い、心臓病の事、そして道草の事、初対面なのに真澄には気軽になんでも話せる。

一通り、話し終えたあと、真澄はトートバッグから二枚のチラシを取り出し、藍子に告げた。

「これに犬キューピットの事が書いてある。一枚はあなたが受け取って。そして、もう一枚はりんねさんに渡して」

藍子はチラシを手に取る。

そこにはバッグに描かれたイラストと共に詩が書いてある。

「これで、りんねさんにも犬キューピットの存在を知ってもらい、感じてほしい。私とあなたがこんな不思議な出会いをしたという事は、間違いなく夢丸が動いている。そして、きっと、亡くなったネロも。彼らは何かを必死で伝えようとしている。『そのメッセージを聞き逃さないで』と伝えて」

「はい」

藍子のチラシを持つ手が震えた。目は輝きを取り戻している。

「伝えます。りんねに、必ず!!」

そこにちょうど電車が来た。藍子は真澄にお礼をして別れると、電車に飛び乗った。ホームで手を振り見送る真澄を見えなくなるまで目で追いかけた。

流れる車窓はぐんぐん加速していく。

そのころ、りんねは深い森の中を歩いている。
もちろん、夢の中の出来事である。

ここはきっと幼いころ、絵本の中で見た暗くて深い森の中
わずかな光に照らされて、小山のように大きく黒いものが来る
近くに来たそれは深い蒼い色の犬
恐ろしくて思わず身がまえる
けれどその犬の目はやさしい目をしている
蒼く大きな犬は立ちどまり、ずっと私をみつめている
どこまでもやさしいまなざし
あぁ、これは夢だなとわかっている
それでもこの犬に身体をあずけてみた
まるで本物ような毛並みを感じた

りんねがその不思議な夢から戻った時、下から聞こえる聞きなれた声。

「お願いします。りんねに会わせて下さい」

藍子だ……


玄関で藍子に対応する母の紀子は少し困惑している。

姉妹の様に育った間柄《あいだがら》。りんねのこんな状態を決してほうっておく子ではないとわかっていた。けれど、今のりんねはとても人に会える状態でない。ふさぎ込み、自分を含め、誰とも話すことが出来ない。

ただ意外だったのは、思いのほか晴れやかな藍子の顔。

「お願いします。部屋には入りません。ドア越しに話をさせてくれるだけでいいんです。どうしても伝えたい事があるんです」

そう言いながら藍子は手にしていたチラシを紀子に手渡した。

「ここに来る途中、偶然会った方に貰《もら》ったんです。まるで仕組まれたみたいに」

藍子の言う意味がわからないまま、紀子はチラシを受け取り、目を通す。

『犬キューピット』

チラシにはそう書いてある。そして、不思議な詩とイラスト。

読むと、まるで今のりんねの為に書かれたような内容。驚いて顔を上げると、確信に満ちた藍子の目。りんねを救えるのは藍子しかいないと感じた。

「藍ちゃん、こちらこそよろしくお願いします。りんねと話をしてください」

藍子はうなづいて応え、玄関をくぐり、部屋のドアまで行く。

「おーい、りんね」

ドア越しにりんねに呼びかける。

「今、ここに来る途中、すてきな人に出会ったの。保護犬の世話をしてる真澄さんって人。真澄さんから教えてもらった『犬キューピット』の事、どうしてもりんねに知ってもらいたい。今から私が読むから聞いててね」

藍子は一度、ゆっくりと深呼吸をして、詩を読み始めた。

犬キューピット

もしもあなたが愛犬に
「運命の出会い」を感じたのなら
それは犬キューピットのしわざ

犬キューピットは
人と犬のすてきな出会いのために
人知れず働いているのです

犬キューピットには
生前の人から慈愛があれば皆なれる

たとえ短い命でも、たとえ最後が不憫でも

記憶に慈愛があれば皆なれる

犬キューピットが哀しいのは
飼い主が自分のせいで心を閉ざすこと

もしもあなたの心が閉じたのなら
ほんの少しだけ心をあけてください

そして犬キューピットたちのメッセージを
聞き逃さないでください

読み終えた藍子はもう一度深い深呼吸をした。

「じゃあ、今日はこれで帰るね。明日また来るよ。チラシ置いていくね」

それだけを伝え、手にしていたチラシをドアの前に置いた。

今日の藍子は最後まで爽やかだった。

「藍ちゃん、ありがとう」

紀子に抱きしめられてお礼を言われ、藍子はりんねの家を後にした。

外に出ると張りつめていた気が一気に抜け、その場にしゃがみこんだ。

自分も『犬キューピット』の詩を読み、こみ上げる感情をぐっと抑える。

（私はもう絶対に泣かない）

そう決めた。そして、りんねの笑顔が戻るのだけを信じた。


そして静かになったりんねの部屋。

りんねはベッドの中、ぼんやりとさっき見た夢を思い出している。

大きな蒼い犬……藍子……


何かとても大事な伝えたい想いを感じる。でもそれより先は進めない。

（犬キューピットって何だろう……）

その好奇心が、少しだけりんねに力を与えてくれた。そのわずかな力を振り絞って起き上がり、ドアを開け、何とかチラシまでたどりついた。

「犬キューピット……」

りんねは呟いた。

それは犬キューピットの存在を知ったという何よりの証。


「さすがです」

様子をずっと見守っていたマリは思わずそうなった。

この出来事はもちろん真澄の推測通り、夢丸の仕業でした。

十二　儚《はかな》い灯《ともしび》

一時は、もう打つ手はないと諦めかけた夢丸でしたが、一歩づつ、事態は進展し、計画はいよいよ大詰めを迎えている。

残るはりんねとアリスを『伏診どうぶつ病院』で出会わせ『運命の出会い』をりんねに感じてもらうまでこぎつけた。

「残る問題は二つある」

夢丸は、じっと耳をかたむけるマリに伝える。

「一つは『サマヨイからの昇天』を出来るタイミングだ。聞いたところによると、これはかなり短い。五分ほどしかないらしい」

「確かに短いね。見逃したらどうなるの」

「そしたら大変だ。もう一度やり直しできればマシだが、時と場合によっては更に難しくなるかもしれないし、もしかしたら二度と出来ないかもしれない。なにしろ、誰も経験はないからな」

「そんな大事なタイミング、私でもわかるのかしら」

「そいつは大丈夫だ。その時、鳴かないはずのサマヨイ達が『遠吠え』をするらしい。皆は『**サマヨイの遠吠え**』と呼んでいた」

「遠吠えかぁ……見たいね。ネロの遠吠え」

「あぁ」

感慨深《かんがいぶか》げにマリはネロを見つめた。心なしか気持ち、以前より精気が戻ってきている気がする。りんねの心が少し開いたからかもしれない。

「あと一つは、いかに『**りんねがネロを感じるか**』ってことだ。俺たちがどれだけジタバタしても、そこにネロの気配を感じなけりゃ、ペットロスの解除まではたどり着くまい」

マリは改めてネロを見るが、その肝心の気配がないのがサマヨイだ。

「だが、手はある」

自信なさげなマリに夢丸は言い切った。

「そいつは『**ネロの偽装《ぎそう》**』だ。りんねの部屋には切り札がある」

「……」

そうは言われても、マリにはその意味がピンと来ていないようだ。

夢丸とマリは再びりんねの元へ向かった。

「気配って奴は、生きてた時の思い出を上手く使えば、案外感じてくれるのさ」

山場を乗り越えたからか、夢丸に余裕が戻ってきている。

「俺の計画、偽装の一番の切り札は『写真』。りんねの部屋にはネロの写真が飾ってある。それを使えば、きっとネロの気配を感じてくれる」

「なるほど」

マリはその手段にやっと納得できた。が、部屋に着いた夢丸は青ざめた。

「ちょっと待て‼　写真がないぞ……」

りんねの部屋には飾ってあったはずの写真がない。夢丸は慌てて部屋中を探すと、写真はないのではなく、伏せられていた。それはヨンバンがりんねを誘導した時に倒した写真だ。

「ちっ、もしや奴も使ったか。困ったな。こいつが使えねぇのか」

「大丈夫なの」

「なに、他にも手はあるさ」

そう強がった夢丸だが、ふと、ある重大な事に気付いた。

「きっと予定より時間がかかる。そうなると他の奴に先にアリスを引き取られたら面倒だ。マリ、病院へ行って調べて、何かあったら連絡くれ」

「わかった」

「誰かを誘導する手段もある。あそこの病院で誘導しやすいの……」

説明をしようとする夢丸をマリは手を挙げて止めた。

「わかってる。あの『春ちゃんって受け付けの娘さんを上手く使え』でしょ」

夢丸はマリに頼み、マリはそれに応える。いつの間にか、息の合ったコンビに成長している。

マリは、単身『伏診どうぶつ病院』へ向かうと、到着早々、真っ先に受付の春ちゃんのオーラを観察してみる。

淡い桃色の慈愛に満ちた色彩だけど、オーラは揺れて所々隙だらけ。仕事にまだ慣れてないからだ。

記憶への侵入も容易だった。マリは春ちゃんの『本日の予約名簿』を確認する記憶をたどってみた。

今度はその名簿から視える、かすかなオーラを探ると、気になる人物が一人いる。その名前からとても強い慈愛のオーラがにじみ出ている。

「なんか気になる。夢丸に知らせよう」

マリは夢丸にその気になる事を告げた。

《《《名前はわかるか》》》

「えーっとオノデラ　ユウコって言うみたい」

《《《そいつはマズイ》》》

その名を聞いた夢丸の動揺ぶりがテレパシー越しでも伝わる。

「誰それ？」

《《《その人には、アイアンって警察犬あがりのとびきりの腕利き犬キューピットがついている。あいつの手にかかれば間違いなくアリスはその人に保護される。融通は効かねぇ。やると言ったらやる。普段なら、どうぞご自由にってとこだが、今回だけは勘弁して欲しいぜ。来るのは何時だ？》》

「えーっと……十六時半」

《《……》》

夢丸はしばらく絶句した。今の時刻は十六時。あと三十分しかない。

《《わかった。急ぐ》》

犬キューピットも生前同様に縄張り意識が強く、一度手掛けた犬を譲り受けるのは困難で厄介だ。特にアイアンはその辺をきっちりさせるので有名で、まずありえない。そうなれば、また『普通でない犬探し』から始めねばならず、その分、りんねの回復が相当に遅れるのは間違いない。

一刻も早いりんねの回復の為に、何が何でも先に到着せねばならない。

夢丸は急ぎ、逆算をしてみる。ここから病院まで二キロ弱。自転車なら十分もかからず着く。残り二十分でここを出発させなばならないが……

肝心のりんねは再びベッドに戻り、臥《ふ》せっている。切り札の写真も使えない状況で、残り二十分でここから出られるまでにするには至難の業。

りんねは『何にネロを感じる』のかを是が非でも知りたい。

ダメもとでりんねの記憶に侵入を試みるが、そこは真っ暗な壁に閉ざされている。鍵がかかるペットロスの心は、誰の侵入も許してない。

念のため、ネロの記憶も確かめるが、当然サマヨイのネロの記憶は、逆に限りなく『無』で、引っかかるものが何もない
夢丸は全くの手探りで挑まねばならない。しかも時間はない。

「さて、どうする……焦りは禁物だぞ。夢丸」

自分で自分に言い聞かせる。

何か使えそうなものはないか、家中の物をじっくり観察してみる。

丁寧《ていねい》に、そして迅速《じんそく》に。

机、時計、テレビ、冷蔵庫、電話……

「やはり、ここは電話しかねぇな」

りんねの閉じた心を揺さぶる可能性のある道具は、直接会話の出来る電話しかないと判断した。マリに連絡をとる。

「病院にりんねを呼びだす電話が欲しい。できるか？」

《《出来るわよ。間違いの診察料の催促《さいそく》で呼び出すなんてどう？》》

マリはあっさりと夢丸の期待に応えた。

「そいつはいい。頼む」

《《でも、ここからは出来るのは一回きりよ》》

「……」

今のりんねがたった一回で電話に出るとはとても思えない。しかも、その一回の電話に『ネロの気配』を感じ取らなければならない。

「そいつはきつい。無理だ」

夢丸の泣き言を見越していたように、マリは他の手段も用意していた。

《《鳴らすだけなら何回でも出来るわよ。なんなら一回鳴らそうか》》

半信半疑の夢丸だったが、それから数十秒後、本当に電話が鳴った。

その電話には、りんねは当然出ずに母の紀子が出た。

「それなら、うちはけっこうです」

それだけ言って紀子は電話を切る。その不可解な電話をマリが解説する。

《《セールスレディに間違い電話の誘導をしてかけさせたの。何人もいるから、何度でもできるってわけ》》

夢丸はポンと手を打って喜んだ。

「お前、やるな!!　すごい業だ。吉丸が目をかけるわけだ。よし、ここ一番で連絡する。その時が来たら、最後の一本は病院から頼む」

《《了解!!》》

光は見えた。夢丸は急ぎ、準備に取り掛かる。

さて、そうなればマリも準備に忙しい。

まずは春ちゃんに誘導で刷り込みをしなくてはならない。

（《《未払いの確認しなくちゃ》》）

マリの誘導どうりに難なく春ちゃんは未払いの確認を始める。

（《《杉原りんねの支払いがまだ》》）

「あ、杉原さんの支払いがまだだわ」

マリの誘導どおりに春ちゃんは凡ミスで勘違いした。準備完了。

あとは夢丸の合図を待つだけ。

その間、保護犬活動をしているオノデラ　ユウコを誘導で遅刻させるようとも考えたが、そんな人はもともと意志も責任感も強く、遅刻なんて堕落的《だらくてき》な誘導は難しい。無理は禁物。マリは電話の誘導に集中することにした。

それでも、何かしたいと考え、春ちゃんに探りを入れてみると、机の引き出しに使えそうな物を見つけた。マリは密かに準備した。


一方、夢丸である。

さっきの電話の対応で、母の紀子が家に居ては少々厄介だと気付いたので、誘導で早めの買い物に行ってもらい、家にはりんね一人にした。

そして、見つけた机の上にある一枚のチラシ。

自分で仕込んだ『犬キューピット倶楽部』の物。これを使おうと決めた。

「マリ、電話を頼む」

了解の合図と共に、プルルルルと一回目の電話が鳴る。

当然、りんねに動く気配はまるでない。何か手を打たないと動きは起きないだろう。マリに連続の電話をかけさせる。立て続けの不自然な三度目の電話が鳴った時、りんねの心の闇にほんの少し隙が出来た。同時に放つ夢丸の矢。

（（（何かが起きた）））

この矢がりんねの感情を捕らえた。何か只事でない事態の連絡ではないかとの不安から、りんねは布団から顔を出した。

「来たっ!!」

夢丸は全身全霊で気を集中させ、ピューと机の上を駆け抜けると、風もないのに、『犬キューピット倶楽部』のチラシが舞い、りんねの前に落ちた。

はっとするりんね。何かを感じている。

そこに四度の目の電話。だがりんねはまだ動かない。夢丸は落胆《らくたん》した。

「駄目か……」

これでは、病院からの一度きり電話に出てもらう確信はとても持てない。

《《夢丸、どう？》》

「まだだ。まだ確実じゃない。何か、何かもう一つ決め手がいる」

けれども、もう使える小道具は何もない。

今、夢丸の視界に入るのは、サマヨイのネロだけになった。

「ネロ、何か、何かないのか!!。教えてくれ!!」

すがる想いで夢丸はネロを側に寄せて眼を合わせるが、そこから伝わってくるのは、相変わらず、『無』で何も帰って来るものはなかった。

だが、そんなもがく夢丸に一つの閃きが導かれ、はっとなる。

夢丸は一本の『念の矢』を丁寧《ていねい》に取り出し、ネロを背中から抱えると、その矢をネロに持たせて言った。

「ネロ、もしもお前にまだりんねを想う気持ちが残っているのなら、その想いをこの矢に込めろ‼　俺が届けてやる」

夢丸は念のこもった証である矢尻《やじり》が輝くのを信じて、祈り、待つ。

それは『輝き』と呼ぶには、あまりにも儚《はかな》い灯《ともしび》だった。
矢尻の一番先にその儚い光が灯った時、夢丸の身体は震えた。
「お前……わかるんだな……」

矢尻の光は少しづつ、ほんの少しづつだけれども増していく。それはネロのわずかに残る自分の意志が、りんねを忘れてはいない事を伝えている。

「そうだ、ネロ……その調子だ」

この健気な灯をいつまでも眺めていたい想いはあるが、事態はそれを許していない。どれだけの念がこもれば、りんねに伝わるのか確信はない。

「マリ、チャンスが来た。準備しろ‼」

《《《ほんとに‼　わかったわ》》》

マリは急ぎ、『伏診どうぶつ病院』に戻り、春ちゃんの誘導にかかる。

そして夢丸はこの儚《はかな》い灯《ともしび》に全神経を研ぎ澄ませ、その時を待つ。

（（（り……ん……ね）））

ほんの微《かす》かだが、ネロの意思を感じさせる念が、確かにこもった。

「ネロ、よくやった‼」

いつもの輝きと比べればあまりに儚《はかな》い灯《ともしび》。だがこれはネロがりんねを想う確かな証拠。夢丸はネロから矢を丁寧《ていねい》に預かり、弓を構える。

「届けっ‼」

夢丸は想いのたけを叫びながら、矢を放つ。

そして、その矢が当たった瞬間、りんねの目にきらりと輝きが戻る。

「ネロ……」

りんねは確かにそう呟いた。それは自分の心から無理やり排除していたネロの存在を取り戻した証。その好機、決して無駄には出来ない。

祈る夢丸の期待に応え、りんねが動いた。

「ネロが呼んでる……」

りんねは力を振り絞りベッドからはい上がると、足元にある犬キューピットの姿が描かれたチラシが目に飛び込んでくる。

「ネロが犬キューピットになって呼んでいる」

もうりんねの心の中で、ネロの存在は確かなものになっている。

「マリ、今だ、頼む‼」

りんねの家に五度目の電話が鳴り響く。それは『伏診どうぶつ病院』からのただ一度かかってくる電話。何が何でも出てほしい。
けれども長く臥《ふ》せっていたせいで足元がおぼつかず、電話までの歩みが恐ろしく鈍い。
「まだだ!!　まだ電話を切らせるな!!　もう少し、もう少しだ」
夢丸の声にマリも応える。
(((まだ切らないで!!)))
もはや誘導というより、願望を込めた念の矢を、マリは春ちゃんに放つ。
ぎりぎりのタイミングで、不自然に長い呼びだし音をりんねは受け取った。
「はい、杉原です」
《《《もしもし、こちらは『伏診どうぶつ病院』になります》》》
りんねの心臓がドキリと高鳴る。忘れるはずはない。
そこはネロが最後の時を迎えた場所。
(絶対にネロが呼んでいる)
確信した。もうりんねに迷いはない。

《《《失礼ですが、先日の診察料がまだ未払いとなっておりますので、近いうちの支払いをお願いいたします》》》

それはあり得ない。あの日の出来事は一秒単位で全て記憶に残っている。

けれども、りんねはこの不自然な呼び出しの意味を感じ取っている。

「わかりました。すぐに行きます」

りんねは即答して電話を切ると、すぐに出かける準備にとりかかった。

時刻は十六時十五分。

夢丸はほっと胸をなでおろす。余裕はないが、なんとか間に合う時刻。

だが、その安息の時はほんのわずかだった。

近寄る禍々《まがまが》しい気配に気づく。もう何が来たのか探るまでもない。

ヨンバンだ。

「てめぇ、何しに来た。もう邪魔《じゃま》は絶対に許さん!!」

夢丸は全力で威嚇《いかく》するが、ヨンバンは冷静に夢丸をいなした。

「あいかわらず失礼ね。良い事を教えてあげようと思っただけよ。今ね、ちょうどあの男も家を出るところよ」

「あの男……青沼のことか？」

「もちろん。いいものを見せてあげる。あの男のつい五分ほど前の記憶よ」

　ヨンバンは一つの記憶を夢丸にぶつけてきた。

　スマホが鳴る
　アリスを渡すはずだった潤からの連絡
「ち、面倒だな」
　しぶしぶ出ると、やはりアリスの催促《さいそく》
「あぁ犬なら手放した。声帯を取る手術やってないらしいから」
　ぶっきらぼうに潤に伝えると、途端に不機嫌な返答される
《《なんだよ。楽しみにしてたのに、お前、やっぱ『アホ沼』だな》》
　それだけ吐き捨てられ、スマホは切れる
「なんだと‼　あいつ、陰で俺をそう呼んでたのか」

だが、この男の思考はどこまでも歪《ゆが》んでいた
その怒りの矛先をあらぬ方へ向ける
「アリスのせいだ!!　あいつのせいで恥かいた」
憎悪の念が醜《みにく》く膨らんで行く
「なんで俺だけ損しなくちゃいけねぇんだ。このままじゃ済ませねぇ」
ちょっとそこに、外からパンパンと鳴り響く祭りの爆竹の音
にやりと歪《ゆが》む口元
「面白れぇ事、思いついた。俺の祭りを始めてやる」
アリスの身体に巻き付けられた爆竹
恐怖におののきながら走り廻るアリス
そんな姿を思い浮かべ、青沼の興奮が高まっていく

—そんなおぞましい記憶だった。

「くそっ、なんて奴!!」

動揺する夢丸をよそに、何も知らないりんねは家を出て、自転車にまたがると伏診どうぶつ病院へ向かった。

「やはり、あの男、見てるだけのが面白い。あはは」

それだけを終え、ヨンバンは消えた。

「やっとここまでこぎつけたんだ。オジャンにされてたまるか!!」

夢丸は急ぎ、ネロを連れてマリのいる『伏診どうぶつ病院』へ向かう。


「よかった、思ったより早かったわね」

予想より早く現れた夢丸にマリは安心しかけたが、蒼白な顔の夢丸に、それは早計《そうけい》だとすぐに気づいた。

「どうかしたの?」

「奴が来るぞ!!」

「奴って、えーと、ヨンバン、青沼、どっち?」

「青沼だ。しかも、爆竹を買い込んでアリスの身体に取り付けて、バンバンならせながら走り回る姿を想像して喜んでやがる」

「なにそれ、あり得ない!!　でも、どうして知ったのそんなこと」

「奴が教えてくれた」

「また奴って……えっ、まさかヨンバン!!」

「あぁ、そうだ。あいつの真意はわからねぇが、俺はとにかく行く」

この場はとネロをマリに任せ、夢丸は青沼の所へ向かう。


そこは狂気のさただった。

喜々として車を走らせる青沼の助手席には、これでもかと思われる量の爆竹の箱。その青沼から放たれるどす黒いオーラに夢丸は身震いする。

（（（やめろ!!）））

無理を承知で思わず放った夢丸の『念の矢』は、誘導どころか、どす黒いオーラに掻《か》き消え届きさえしない。

「くそっ、止めるのは無理だ。だが、そのままで済ませてたまるか」

止めるのが無理とあらば、後は到着を少しでも遅らせる他はない。夢丸は高い所から辺りを見回すと、次の交差点の右の先が渋滞している。

（《《並んで走れ》》）

夢丸は他の車の誘導をした。青沼の前を走る二台が車が、ゆっくりと並走して道をふさぐ。焦れた青沼はふいに右へ曲がり、その先の渋滞にはまった。

「なんで渋滞してんだ……ちっ、曲がるんじゃなかった」

夢丸は少しだけ安堵した。

「この調子で遅らせてやる」

だが、この青沼のどす黒いオーラには、ヨンバンの言った通りに次々とサマヨイが寄ってきているのも気になる。


一方、伏診どうぶつ病院。マリは夢丸が連れて来たネロを抱きしめながら、りんねの一刻も早い到着を待つ。

「ネロ、もうすぐよ」

マリはこの病院にある仕掛けをした。それにりんねは気づいてくれるはず。

そして、りんねは病院に着いた。

院内に入ったりんねを見つけた受付の春ちゃんは慌てた。

「あ、杉原さん、ご、ごめんなさい!! 支払いの件、間違いでした。すぐに電話したのだけど、間に合いませんでした」

春ちゃんは平謝りで何度も頭を下げた。

「大丈夫です」

りんねに怒りはない。なぜならもう自分がここにいる理由を見つけている。

目の前の壁のボードに貼ってある『犬キューピット倶楽部』のポスター。

これこそがマリの仕掛け。机の引き出しにこのポスターを見つけ、春ちゃんを誘導して貼ってもらったのだ。

(きっと、ここで何かがおこる)

りんねの鼓動が高まった。

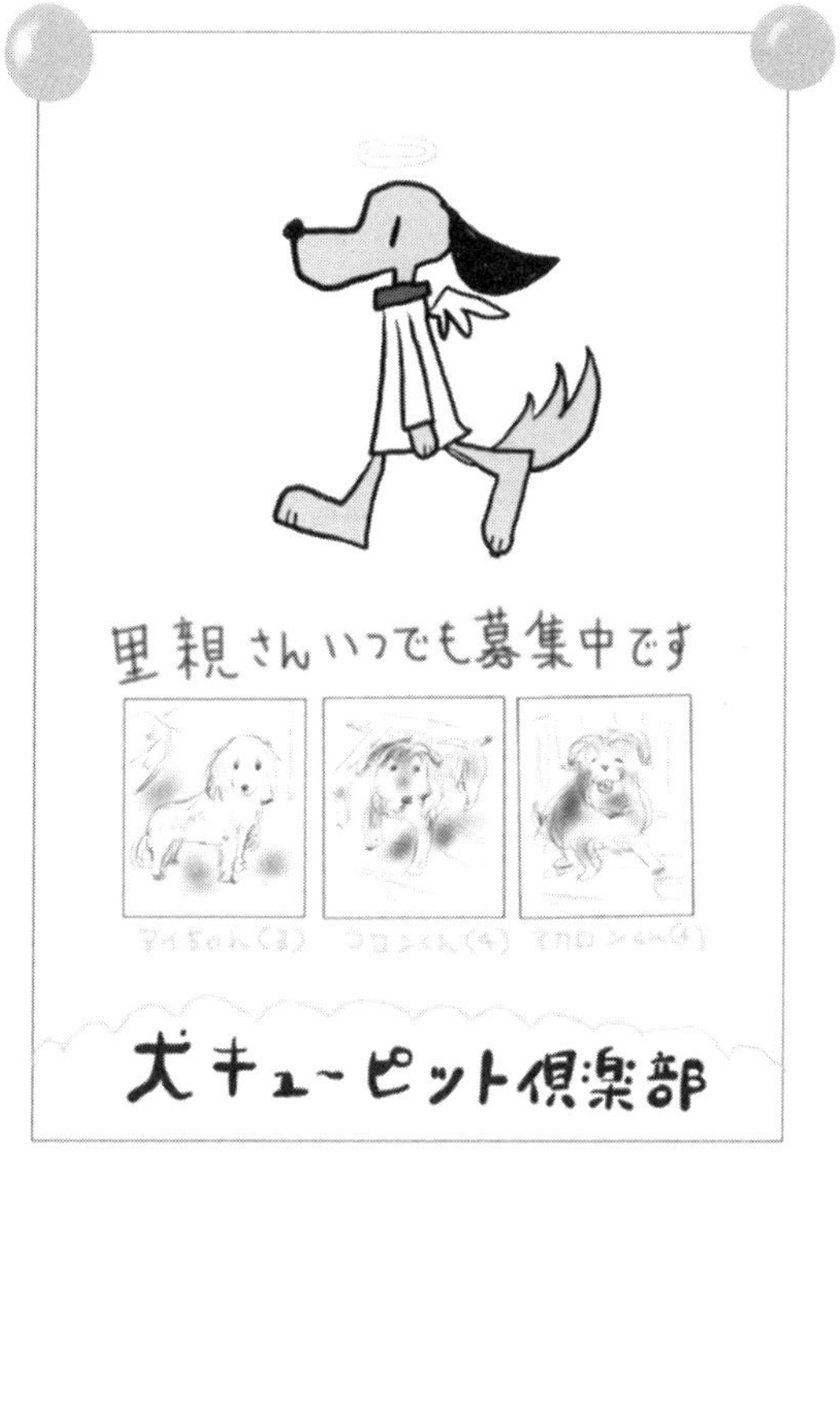
里親さんいつでも募集中です
犬キューピット倶楽部

十三　怨嗟《えんさ》の渦《うず》

そして、マリも胸踊らせている。

食い入るように『犬キューピット倶楽部』のポスターを見つめるりんねに受け付けの春ちゃんも気づいた。待ちに待ったこの瞬間。

「ついに来たっ!!」

ともすれば最後に一本になるかもしれない渾身《こんしん》の矢を放つ。

（（（**アリスを会わせて**）））

「あ、そうだ。杉原さんに会わせたい犬がいます」

春ちゃんはそういうと、急いで診察室の方へ一旦、引っ込んだ。そして次に現れた時には、春ちゃんの腕には一匹の犬が抱きかかえられていた。

美しいグレーでロールがかかった毛並みで、ネロと同じ、ミニチュアダックスフントの犬。けれど、どこか人間に怯えてる目をしていた。

初めて会った時のネロの様に……

りんねはネロと出会った時と同じ衝撃を感じた。

「杉原さん、ネロの事はお気の毒でした。この犬はアリスと言います」

春ちゃんはこの犬について語りだした。

「本来なら、心の整理が出来るまで、次の犬を勧める事はしません。けれど、この犬には事情があります。この犬は前の飼い主の自分の勝手な都合だけで『声帯の除去』をさせられそうになった犬なんです」

「えっ」

りんねは声を上げて驚いた。なぜそんな事をするのか意味がわからない。

「もちろん、うちの先生はそんな事はしません。それに、この怯え方から虐待《ぎゃくたい》も受けてると推測できたので、なんとか説得して引き取りました。杉原さん、あなたはネロの事で心を痛めたと思うけど、この犬も虐待《ぎゃくたい》を受けて心に傷を負った犬。まだ人間を信じていません。けれど、あなたの様に優しい飼い主のもとなら、きっと癒《いや》されるはずです。今すぐに決めてとは言いません。けれど、アリスを引き取る事を一度考えてみませんか」

りんねはアリスを見た。小刻みに震える身体。

決して人と合わさない目。ネロを思い出す。

あまりに急な展開。りんねの思考が混乱している。

けれども確実にアリスに対して心を開いているのにマリは気づく。りんねの身体から、ほんのりと立ち上る桃色の『慈愛』のオーラはその証だ。

「あと少し、いい感じ……」

マリは嬉しくなってこの事を夢丸に伝えようとした。

だが、先に連絡してきたの夢丸の方。しかも、相当に緊迫している。

《《《どうにも止まらん、青沼がそっちへ行くぞ。あと二分!!》》》

「え、えっ!!」

もし、今、青沼がここに来たら、アリスは丸見えだ。マズイ。

「どうしよ、どうしよ」

（《《**アリスを隠して!!**》》）

マリは苦し紛れの念の矢を射る。だが、りんねも春ちゃんも何かを感じているようだが、何も確信的なものはない。不思議そうにするだけだ。

《《病院に着いちまった。あと、十秒だ‼》》

夢丸の警告。動揺するマリは何度もりんねと春ちゃんに矢を射る。

（（（**隠して‼**）））

（（（**隠して‼**）））

何本撃っても、むなしく何の効果もない。ただ、時が過ぎる。

そして、叫びが届く。

《《《五、四、三、二、一、行くぞ‼》》》

バン、と乱暴に扉を開ける音。同時に侵入してくる男、青沼だ。春ちゃんの顔が凍り付いた。何より、その男の正体を知るアリスの怯え方が尋常《じんじょう》でない。

その怯える姿がりんねの目に焼き付く。

青沼はアリスを見つけるとにやりと笑い、つかつかと近づく。

「やめろ‼」

夢丸は必死で飛び掛かるも、むろん、虚《むな》しく通り抜けるだけ。

「ど、どうかしましたか」

震える声で怯えて対応する春ちゃんに青沼の自尊心《じそんしん》が高ぶった。

「俺のその犬を返してもらう。新しい飼い主が見つかったんだ」

「こ、困ります」

「俺の犬を返してもらうだけだ。問題はねぇ!!」

青沼はそれだけ言うと、あっという間にアリスを奪い取った。

「ま、待ってください!!」

春ちゃんの悲痛な叫びを無視して、青沼は逃げるように出口へ急いだ。

異変に気付いた伏見先生や助手さん達で院内は騒然となったが、皆、すぐに出られる状況ではなく、すでに青沼も外に逃げ去った後だった。

りんねはその様子を、何も出来ず、茫然《ぼうぜん》と見ていた。

けれどもまぶたに焼き付くアリスの怯える姿が浮かび上がるのと同時に、いつもの正義感がふつふつと湧いて来た。

窓の外にはあの男の者と思われる高級車が今、発車した。

りんねが動く。

気が付けば病院の外に飛び出し、どう考えても無謀だが追いかけた。

ところが幸運な事に青沼の車は、すぐ先の交差点で赤信号で止まっていて追いついたのである。

「返しなさい!! 犬を返しなさい!!」

りんねは車の窓ガラスをバンバン叩いて叫んだ。

仰天《ぎょうてん》したのは青沼だった。もとは臆病者《おくびょうもの》である。知らない女がいきなり窓ガラスを叩いて叫んでいるのにびびり、急発進でその場を去った。

「何だ、あのキモイ女!!」

青沼はしばらく考えて、そういえばあの動物病院の受付にいた奴だろうと結論をだして、面倒なのでもうその先を考えるのをやめて走り去る。

だが追撃者はまだいる。夢丸だ。弾丸の如《ごと》く飛び出し、青沼をピタリとマークしていた。ここまでアリスを追いつめた責任を感じている。

（なんとしてでも助けねば）
だが、一心不乱で追跡《ついせき》する夢丸の前に立ちふさがる影。
ヨンバンだ。
夢丸があっと驚く間に、ヨンバンは一本の『念の矢』を青沼に放った。
「あいつ、何しやがった!!」
調べる時間はない。
そのまま青沼を追いかける。
ヨンバンの矢の影響か、車は不用意に道を変更し、郊外の方へ向かって行く。

交差点で青沼に逃げられ、やむなく病院へ戻ったりんねの耳に、春ちゃんのすすり泣く声が届き胸が痛む。りんねは決断した。

（追いかける‼　たとえ無謀《むぼう》でも‼）

急ぎ、自転車に飛び乗り、青沼の車が向かった方向へ駆け出した。

そんな無謀なりんねの行動にマリは慌てた。あんな悪質に奴に女子高生を向かわせるのはあまりに危険。だが今、アリスを助けることが出来るのはりんねしかいない。うろたえるマリに気付いた犬キューピットがいた。

次の来院者についていている犬キューピットの**アイアン**だ。

「おい、お前、どうした」

アイアンに声をかけられ、マリは我を取り戻した。

「今、危ない奴に犬が連れてかれた‼　助ける事ができるのは、追いかけたあの女の子しかいない。でも、そんなの危険すぎる‼」

マリの悲痛な叫びを、腕利きのアイアンはすぐにくみ取った。

「わかった。ならば、お前はあの女の子を追いかけて行け。俺の群れや、その仲間たちの犬キューピットの総動員をかけて援護《えんご》する」

「は、はい」

急ぎ、マリはネロを連れて、りんねを追いかけようとした。

だが、そこにネロの姿がない。

「ネロ‼　ネロ‼　どこへ行ったの‼」

焦るマリ。りんねとネロ、いったいどちらを優先させるのか迷う。

そうこう迷ううちに、りんねの姿はみるみる小さくなる。

「ええい、とにかく一回行かなきゃ」

マリは取り合えずりんねの確認に向かった。

そこでマリは息を飲む。

ネロはそこにいた。りんねを健気に追いかけていた。

「ネロ、あなた……」

無心でペダルをこぐりんねを、ネロはピタリと寄り添って走っている。

りんねの心意気にどこまでも応えようと、マリの迷いは消えた。

そして、犬キューピットのアイアンは仲間に向けて、緊急事態発令をした。

「緊急事態!!　アリスという名の犬と、それを救助に向かうりんねという女の子に危険が及ぶ恐れあり。至急、応援頼む!!」
《《《オーライ》》》
《《《すぐ向かう!!》》》
アイアンの呼びかけに一斉《いっせい》にたくさんの犬キューピット達が応えた。

青沼の車は、意外にも十数分走っただけで停まった。

そこは家がまばらにしかない人気の少ない所に建つ草木に覆《おお》われた一軒の小屋。その周りに張り巡らされたトタン板の向こうに空き地がある。青沼は爆竹の箱とガムテープを持ち、そしてアリスを連れてその空き地へ侵入した。

後に続いた夢丸は、そのトタン板の向こうにある空き地の光景の、あまりのおぞましさにゾッと身震いした。

「こ、これは……」

そこにうごめくは数えきれないほどの無数のサマヨイ。

「そう。ここは悪質ブリーダーが繁殖崩壊《はんしょくほうかい》を起こした飼育所の跡地よ。あの男が開催すると意気込む祭りにふさわしい所でしょ」

いつの間にか来ていたヨンバンが立ちすくむ夢丸に教えた。

「お前のいた所か」

「いいえ、違うわ。探している様だから、一番近い所を選んで教えてあげたの。だってそんな所なんて、たくさんあるもの。ここにはあんな奴のオーラでも、人間との触れ合いを待ち望むサマヨイがこんなに大勢いるのよ」

ヨンバンはさらりと夢丸に無慈悲《むじひ》な事実を突きつけた。

夢丸はサマヨイをざっと数えてみる。百は下るまい。そのサマヨイ達が喜々として、青沼の放つどす黒いオーラを取り巻いて走り廻る。

青沼が上機嫌でアリスにガムテープで爆竹をつけだすと、サマヨイ達は更にはしゃぎ、ぐるぐると青沼の周りを廻りだした。

アリスはこの凶悪な飼い主に絶対服従し、なすがままに爆竹をつけられている。そんな姿は青沼を喜ばせた。

「アリス、今日はいい子だ。今までで一番可愛いぞ。けけけ」

青沼が不気味に笑う度、不気味なオーラがにじみ出る。そのオーラにあおられて興奮するサマヨイ達の輪はどんどん大きくなり、渦を巻きだし、辺りを暗黒へ飲みこもうとしている。

「な、なんだこりゃ!!」

アイアンと共に駆けつけた犬キューピット達も皆、驚愕した。

「こいつは、まさに**怨嗟の渦**《えんさのうず》じゃないか……」

世に伝わる『**怨嗟の渦**』を具現化させたものが、今、犬キューピット達は目の前に突き付けられている。


りんねは自転車で疾走《しっそう》している。無謀《むぼう》な自分の直感だけを信じて、どこへ向かったかもしれない車を追いかけ続けている。

(((**右へ曲がって**)))

マリが誘導をかける。真っすぐな国道から右にそれて郊外へ向かう一本の細い道。りんねはやけにその道が気になりだした。一旦、自転車を止め、そっちを眺めてみる。だが、どちらに行くか決めかねている。

「あっ」

その時、りんねは右に曲がる細い道の遠くに、駆けぬけるネロの姿をほんの一瞬、見た。迷いは消えた。道をかえ、郊外へ向かう。

マリの誘導に迷うりんねを後押ししたネロ。ネロの姿が見えなければ、きっと誘導はうまくいかなかっただろう。

マリはりんねとネロの絆《きずな》の強さに感極まり、思わず呟いた。

「ネロ、君は偽装《ぎそう》なんかじゃない。立派な犬キューピットよ」

アリス救出の為、他の犬キューピット達も一丸となり奮闘している。

あの吉丸も『夢丸危機』の一報を受け、懸命に動いている。

吉丸とその仲間は、誘導できそうな運転手を見つけて、道を迷わせ、青沼のいる繁殖犬飼育所跡地へ向かわせる作戦に出た。

「とにかく、誰でもいいんだ。人が向かえば、危険度はうんと減る。急げ!!」


繁殖犬飼育所跡地である。

アリスの身体に爆竹が巻かれるたびに、青沼の興奮はたかぶり、それと同化するようにサマヨイたちの興奮も高ぶっていく。

ヨンバンは犬キューピット達に向かい、言い放った。

「ごらんさない、あのサマヨイの意気揚々《いきようよう》とした姿を!! 私の群れが正しい事していると納得できるでしょ。もうサマヨイを哀れな存在とは言わせない。これからは『**犬の独立**』こそが、我ら犬の選ぶべき道なのよ!!」

だが夢丸も、他の犬キューピットも、まだ何もあきらめてはいない。

皆、誘導の糸口を探すため、懸命に青沼に近づこうと試みるが、圧倒的な数のサマヨイ達の妨害《ぼうがい》により、まるで進まない。

アイアンとその仲間たちが、意地の念の矢を射る。

（《《《やめろ》》》）

（《《《許さんぞ》》》）

だがその矢はサマヨイに邪魔《じゃま》され、まるで届かない。例え青沼に届いたとしても、喜々として放つどす黒いオーラには微弱な念の矢では太刀打ちは無理。焦る犬キューピット達をよそに、青沼はアリスへの身体への爆竹の取り付けを終える。ついに後は爆竹の導火線に火をつけるだけとなった。

青沼の口元がさらに醜《みにく》く歪んだ。

身体に取り付けられた爆竹の爆発に、痛み、恐怖で、転がり走り廻る姿を楽しもうとしているこの男の快楽は正気ではない。

青沼がライターを取り出そうとポケットに手を入れた時、サマヨイの興奮は最高潮になる。ヨンバンはそんなサマヨイ達に向かって叫んだ。

「我らが同士よ。見るがいい!!　この人間の非情さを!!　餌食《えじき》となるあの哀れな犬も思い知るだろう。**人間との共存**がいかに愚《おろ》かで虚《むな》しいものかと!!　人間の愛情など我ら犬には無用と悟るのよ!!」

ヨンバンの鼓舞《こぶ》にサマヨイ達がつくる『怨嗟《えんさ》の渦《うず》』は、さらに勢いを増し、怒涛《どとう》の如く渦巻いていく。呆然《ぼうぜん》と立ちすくむ犬キューピット達。

(もはや、これまでか)

皆があきめかけた時、突然、夢丸の頭の中に声が響く。

(《《**夢丸、一身独立よ**》》)

懐《なつ》かしい口癖《くちぐせ》

懐かしい仕草《しぐさ》

夢丸に頭に懐かしい佳代の姿が浮かんだ。

そして、同時に降臨《こうりん》した起死回生《きしかいせい》の一つの閃き。

夢丸に覇気《はき》が戻る。急ぎ、弓を構える。だが、サマヨイの圧倒的な数に手を焼く。矢が当たるまでの道筋の隙がまるで見いだせない。

焦れる夢丸に、サマヨイが容赦《ようしゃ》なく襲《おそ》い掛かり邪魔《じゃま》を仕掛けて来る。夢丸はバシバシと払い、退《しりぞ》けるが、何しろ数が多い。

「夢丸、見つけたか。任せろ!!」

覇気《はき》を取り戻した夢丸に、いち早く気付いたのはアイアンだった。

「俺に続け!!」

アイアンは自分の七匹の統率《とうそつ》の取れた群れをひきい、サマヨイの群れに真っ先に突入する。

「ウオォォォォッー」

吠え猛るアイアンはバシバシと右へ、左とサマヨイを次々と払いのけ、最後は身を挺してサマヨイを押し込んでこじ開け、道筋を作る。配下の犬キューピット達もそれに続き、突き進み、ついに一本の道筋をこじ開けた。

「夢丸、いけっ!!」

うなづき応える夢丸。渾身《こんしん》の『念の矢』を放つ。

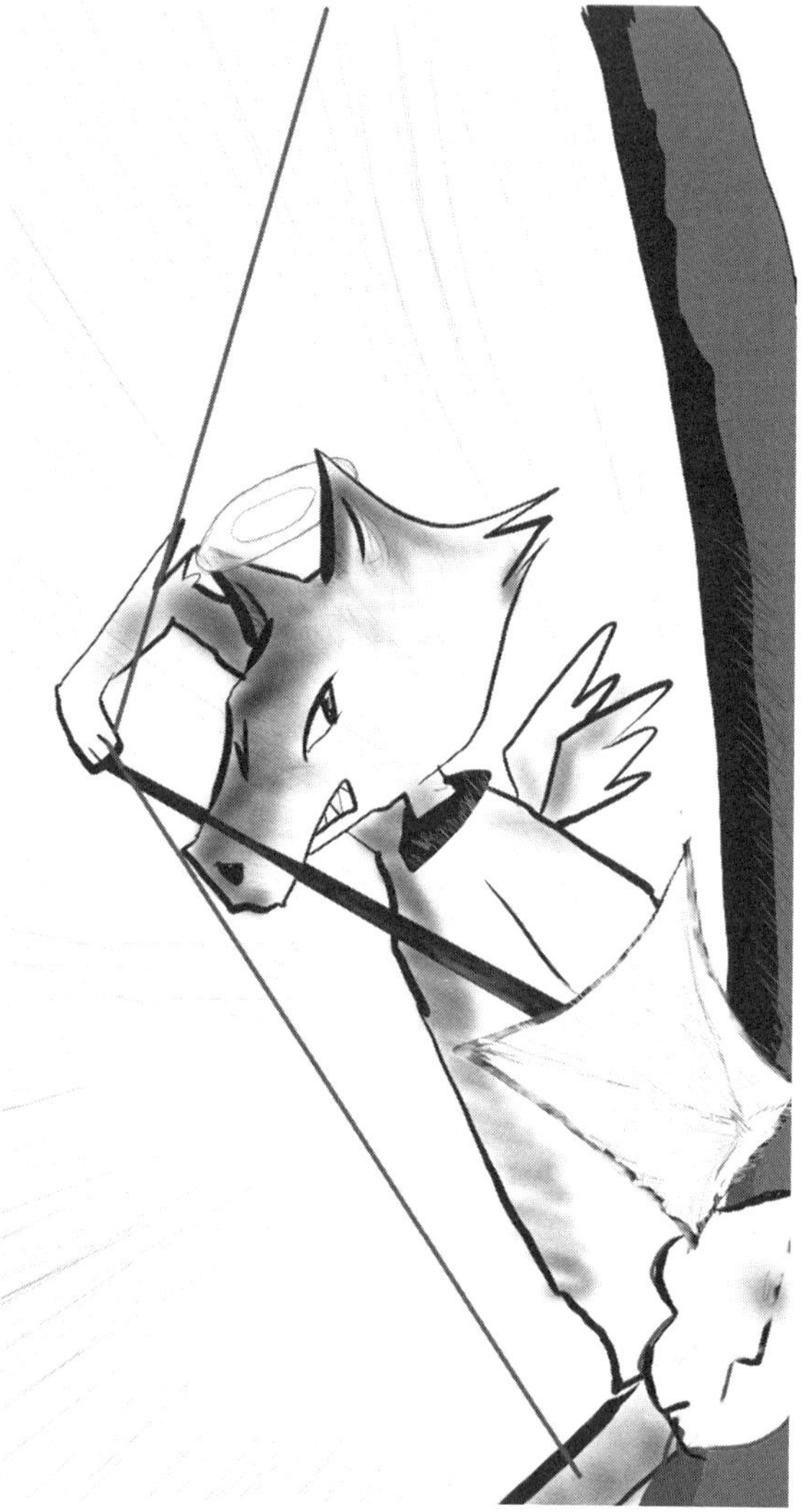

（（（逃げろ‼）））

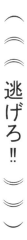

夢丸の標的はアリスだった。

無抵抗で、なすがままだったアリスに、自分の身は自分で守る『一身独立』の精神での抵抗をうながしたのだ。

夢丸の矢はアイアンのこじ開けた道筋を綺麗《きれい》にたどり、アリスに命中。

瞬間、アリスは目を見開いた。その目の前に揺らぐライターの火。

間違いなくこれは自分にとって危険なもの。

（逃げなきゃ!!　戦わなきゃ!!）

今まで委縮《いしゅく》され続けてきた心に、別の選択肢が芽生えた瞬間、この非情な飼い主に初めての抵抗をした。うなり声をあげ、ライターを持つ右手に、ガブリと噛みついてやった。

アリスの初めての抵抗に、痛みと驚きで青沼は手に持つライターを思わず落とすと、その火の着いたままのライターが左手に当たった。

「いてっ、あ、あちっ」

痛みと熱さで、動揺して、青沼は思わずアリスを放り投げた。アリスは地面をゴロゴロと転がったが、不器用ながら急ぎ起き上がり、無我夢中で逃げた。

「てめぇ、待てっ」

逃げるアリスを慌てて追いかける青沼。捕まれば命はあるまい。

自転車で必死で駆けつけたりんねが、小屋の前に停まる青沼の車を見つけたのはその時だ。同時に隣の空き地から聞こえる騒ぎ声。

胸騒ぎが止まらない。怖い。

だが、アリスを案じる心が勝り、意を決して空き地に飛び込む。

マリとネロも後に続く。


アリスが無我夢中で逃げている。

自分はどこに向かっているのかさえわからない。

だがそこに、今まで一度も感じた事のない暖かい色のオーラの輝きを見つけた。無心でそこに向かって走る。その先にいたのはりんねだった。

りんねは自分に向かって走ってくる犬を条件反射的に抱きかかえた。

そして、その身体に張り付けられた爆竹に驚愕《きょうがく》する。

「なんという事を!!」

りんねの強い正義感が爆発し叫んだ。

「おわあぁぁっ」

人気のないと思っていた小屋に、いきなり現れた謎の女の叫び声、しかもさっき窓ガラスを叩いた女。ありえない。青沼は激しく動揺し、腰砕けになった。

「な、なんだてめぇ……な、なんでここいる」

なぜここがわかり、なぜ追いついたのか全く理解できず、うろたえたが、よく見ればまだ女子高生らしき小娘。いくらなんでもこんな小娘になめられたくはない。よろよろと立ち上がると、精一杯の空威張《からいば》りで脅した。

「お、おいっ、その犬を返せ。俺の犬だ」

「出来ません!!　絶対に!!」

「お前に何の権利があって言ってんだ。そいつは俺が高い金を払って買った俺の犬だ。俺が何をしようと、俺の勝手だ」

「違います‼　あなたのしてる事はただの虐待《ぎゃくたい》です‼」

りんねは毅然《きぜん》と立ち向かうが、理不尽な相手にかえって火に油を注ぐ事になる。青沼は拳を握りしめ、一歩前に踏み出した。

りんねはひるまない。剣士の心構えを整える。空の拳《こぶし》はここにない架空の竹刀を握り、力がこもる。青沼の一挙手一投足《いっきょしゅいっとうそく》に目を配る。相手の動きはスローモーションのように見える不思議な感覚を感じた。何も怖くない。

白く輝くオーラがりんねから立ち上るのを、犬キューピット達は見た。

そのオーラに導かれるように、ふいにヨンバンが動いた。

それは常識を覆《くつがえ》す驚きの行動だった。

ヨンバンは自分の群れのサマヨイを全て青沼に向けた。

その指示のもと、百は下らないサマヨイ達が一斉に突撃し始めた。

サマヨイ達は次々と青沼の身体をすり抜けて行くが、そこに異様な気配と圧力を感じずにはいられない。得体の知れない恐怖に、思わず立ち止まる青沼の、鉄壁だった極悪のオーラは乱れ、そこに隙が生まれた。

その隙にすぐにアイアンが気づき、すかさず配下に指示をだす。

「構えよ!! 使うは奴の恐怖心」

そして、最後に青沼に飛び掛かったのは、ヨンバンだった。もちろん、青沼には何も見えはしないはずだ。

が、ほんの一瞬、視えた自分に襲い掛かる獰猛《どうもう》な獣の姿の残像。

「うっ」

大きくひるむ青沼。

「今だ、撃てっ!!」

アイアンの配下の犬キューピット達は、指揮のもと、一斉に念の矢を放つ。

（（（この女ヤバイぞ）））
（（（こいつ、化け物だ）））
（（（逃げろ）））
（（（逃げろ）））
（（（逃げろ!!）））

「うわぁぁ」

沸き上がる恐怖。

青沼は思わず一歩退くと、足をもつらせ、そのまま尻もちをついた。

そんな青沼は更に追い詰められる。トタン板の壁の向こうに聞こえる侵入して来た車のエンジン音。そして……

（《《捕まるぞ》》）

夢丸も再度、この念を込めたトドメの矢を放った。

「や、やべぇ。ま、また誰か来やがった。ひゃぁぁっ」

青沼は頂点に達した恐怖で、逃げるようにこの場から立ち去ると、車に飛び乗り、そのまま逃げて行った。

入れ違いでここに来た車は、道を間違えてここにたどり着いただけの車で、若い二人の男性だった。

「どうみてもここ、隠れ家的そば屋じゃないよな……」

「道、間違えただけだろ。さっきの車もそうじゃね。あははは」

それだけでその車は帰って行った。

実はこれが吉丸が仕組んだ作戦で連れてきた車だった。

「どうだ、大丈夫か!!　良かっただろ、俺の車作戦!!」

かけつけた吉丸は顔見知りのマリを見つけ、意気揚々《いきようよう》と自慢した。

「吉丸、ありがとう。とても良かったわ。でも、本当に助けたのは呪犬よ」

「えっ、そんなバカな……」

吉丸が驚くのも無理もない。とてもあり得ない。

ここにいる犬キューピット達も、みな戸惑っている。呪犬のヨンバンの行動の意図がわからない。何をしだすか、目が離せない。

だが、そのヨンバンは犬キューピット達には目もくれず、ただ一点を見つめていた。その先には凶悪な飼い主から守り抜いた犬を抱えるりんね。

正確には、そのりんねの放つ美しいオーラに魅入っていた。

桃色が主体で橙《だいだい》色や、赤色、紫色が彩るそれは美しいオーラだった。

ヨンバンだけではない。ここにいる百匹あまりのサマヨイ達全ても、りんねのオーラに魅入っている。サマヨイにとって、今まで人間のオーラといえば、どす黒い物しか見た事がなかったのだ。驚きと感動と興奮のサマヨイ達の視線を、りんねのオーラは釘付けにしている。

それにつられるように、犬キューピット達もその美しいオーラに魅入った。そして、オーラに魅入っていた犬がもう一匹。アリスだ。

犬キューピット達ほど鮮明には見えないけれど、今、自分を抱きかかえるこの人から放たれている、初めての温かい気配に戸惑っている。

自分のこの身に巻き付けられている物が、とても危険であることは本能的にわかる。そして、さっきの飼い主の男の異常な行動のせいで、人間への不信感はいっそう膨《ふく》らみ、身体の小刻みな震えが止まらない。

「怖かったね」

自分にかかる、りんねの優しい言葉の真意がわからず戸惑っている。

十四　呪犬の記憶

りんねは、アリスの爆竹を取ろうと手を差し出したが、震えが止まらないのでやめた。その代わりに、この犬の小さなこの身体で、あんな悪質な飼い主の所で必死に耐えてきた姿を想像し、涙した。

その涙が、胸に抱かれるアリスにも滴《したた》り落ちると、アリスのこわばった身体から、ふっと力が抜ける。

（この人なら、この身を預けても大丈夫だ）

そんな確信が出来た。恐々だけど、身を委《ゆだ》ね、お腹をりんねに見せてみた。

りんねもアリスの変化に気づき、微笑んで話かけてくれた。

「ありがとう。じゃあこの怖いやつ、はずすからね」

りんねはそこに置いてあった箱に腰掛け、膝《ひざ》の上にアリスをのせると、危険な爆竹を一つづつ丁寧《ていねい》に取り除いていく。

身体から爆竹が取れるたびに、アリスの身体の震えもおさまっていく。最後の一つが取れると、りんねはそのお腹を優しく撫でた。

アリスは初めて優しい人間の手の平のぬくもりを感じた。それはほぐれ始めたアリスの心から、だんだん体中に染み渡って行った。

その時、りんねから発せられたオーラが最も美しく輝く。

七彩のカーテンのようなオーラが揺れるその隙間から、もれる白い閃光《せんこう》の一瞬の輝きが、りんねを見守る犬キューピットの目に飛び込んだ。

その閃光はサマヨイ達にも届き、驚くべき異変を起こした。

一匹のサマヨイが突然、ウオオォオーーーンと鳴きだした。遠吠えだ。

そして、それに即されたように、サマヨイが次々と遠吠えを始め、百匹あまりの全てのサマヨイの壮大な遠吠えが合唱のように奏《かな》でられた。

犬キューピット達は騒然となる。

「こ、これって『サマヨイの遠吠え』じゃないのか？」

「ま、間違いない」

伝説の『サマヨイの遠吠え』しかも、こんなに多数、前代未聞だ。

この機を逃してては絶対にならない。夢丸は急ぎ、ネロを探す。

「夢丸、ここよ‼」

先にネロを見つけたマリが大声で教える。急ぎ駆け寄った夢丸の身体は震える。サマヨイのネロもその小さな身体を精一杯使い遠吠えをしている。

「行けるぞ、ネロ。お前も天界へ行けるぞ‼」

夢丸は興奮そのままに、ネロを抱くと、少しでも早く昇天できるように、高く高く掲《かか》げた。だが、事態は甘くなかった。

ネロだけでなく、他のサマヨイ達にも昇天出来る気配はない。

「どういうことだ。千載一遇《せんざいいちぐう》のチャンスだというのに‼」

アイアンが悔しそうに奥歯をギリリと噛みしめる。

ここにいる犬キューピットの誰もが『サマヨイの遠吠え』は、初めての体験でどうしていいのかわからない。皆、うろたえた。

だが、唯一、そのすべてを理解している者がいた。ヨンバンだ。

「無理よ。このままでは、このサマヨイたちは天国には行けないわ」

ヨンバンはうろたえる犬キューピット達に言い放った。

「なんだと!!」「どういうことだ!!」

犬キューピット達が一斉にヨンバンを取り囲む。

「このサマヨイ達は私の群れ。リーダーの私は決して昇天できない呪犬である以上、このサマヨイも昇天は出来ないわ。道連れってわけね」

不敵に笑うヨンバンに向かい、素早くアイアンが『消滅の矢』を構えた。

「ならば、お前を消す」

「やめろ!! 討つな」

夢丸が前に立ちふさがり、アイアンを止めた。そしてヨンバンに訊《たず》ねる。

「なぜ、それを俺たちに伝える? お前に得るものはないというのに」

夢丸の疑問への返答に、ヨンバンは何も語らず、代わりに深い感情を込めた視線を突き刺し返してきた。それは哀愁《あいしゅう》でもあり、安堵《あんど》ともとれた。


（《《《見届けなさい》》》）

不思議な声が届く。

それは夢丸だけでなく、ここにいる犬キューピット全員に届いていた。

「これは『種の起源の犬』の声……」

アイアンが呟くと、初めて聞こえた者は驚き、感動でどよめいた。


そして、同時に飛び込んで来たのは『ヨンバンの記憶』だった……

そこは小さな小屋の小さな部屋
そこに不似合いなほど、ぎっしりと詰め込まれたゲージ
その中にいる犬のすべてがこの地獄絵図の中にいる
ゲージは母犬用と仔犬用の二つ
母犬がこの狭いゲージから出れるのは出産の時だけ
犬が大好きな『散歩』でさえ、ここの犬たちは知らない
心の感情は限りなく『無』

それは絶望……

余分な感情は自分を苦しめるものに過ぎない

このおぞましい空間の中、私の最後の感情を手繰《たぐ》り寄せた

目の前で我が子が、悪質な飼育者夫婦に最後の審判をうけている

「こいつは売れねぇ」

男が仔犬を選別している

「さっさとすましておくれ」

横にいる女はいらだって男に文句をつけている

「わかっとるわ。だから、俺は反対だったんだ。犬コロが儲かるって言ったのはお前だろ。ぐちゃぐちゃ言うな。面倒なだけでちっとも儲かんねぇ」

「うるさいね。あんたがそんなうじうじした性格だから、何やったって稼げないんだよ。あぁこんな奴と一緒になるんじゃなかった。何度目の夜逃げだっていうんだよ。終わったらさっさとそっち、持て」

「いちいち、命令すんじゃねぇ」

そんな罵《ののし》り合いの末、やつらはこの場から消えた
水も食事も補給はない
「もう奴らは二度とここには来ないだろう」
いつもとは違う空気に、隣の三番の犬が気づいた
「これでやっと死ねる。きっと地獄でもここよりはまし」
逆の隣の五番の犬は、すべてを諦《あきら》めていた
だが、私は強い意志を持ち、一点を凝視《ぎょうし》した
その先にいるのは選別からもれた仔犬たち
その中の一匹が半分首を吊った悲惨な状態で放置されている
それが我が子だった
「なんと不憫《ふびん》な!!」
激しい無念と憎悪が胸を掻《か》きむしる
(このゲージを抜け出し、せめて、あんな最悪な形から助けだす)
その一念で最後の力を振り絞り、ゲージをこじ開けようともがく

「あきらめな……ここではそんな感情は自分を苦しめるだけ」
五番の犬の言葉を無視し、無我夢中でゲージに立ち向かった
だが口と前脚を血まみれにしただけで、その抵抗はあっけなく終わった
そして我が子は息絶えた
ウオォォォーーン
一度だけ遠吠えし、そして力尽き、倒れた
その時、心に残るのは『憎悪』だけ……
そして、それを嗅《か》ぎ取った者たちがいた
（（（**オマエモ、コッチヘコイ**）））
響くように聞こえた不思議な声で私は我を取り戻した
異様で禍々《まがまが》しい黒い影が現れた
「俺の名は『レイゾウ』。お前は何という名前だ？」
「名前……？」
「飼育者はお前を何と呼んでいた。それが名前だ」

「それなら『ヨンバン』と呼んでいた」

それを聞いたレイゾウは私をあざけ笑った
「やはり、ここ犬どもはなんとも哀れ。それはお前の名ではない。それはお前が入っているその檻《おり》の呼び名だ。まぁいい。俺もそう呼ぶとしよう」

侮辱《ぶじょく》された私の『憎悪』が騒ぐが、レイゾウの対応は意外だった
「なに、何も恥じる事はない。我らの仲間は皆、同じ境遇《きょうぐう》。俺の名『レイゾウ』の由来を聞けばわかる」

私はこのレイゾウに興味が湧き始めてしまった……

「俺の飼い主は、ある日突然、俺を暗い箱の中に生きたまま押し込んだ。そこは驚くほど寒い所だ。体温はみるみる奪われ、すぐに死んだ。だが、ここからがまた地獄。俺は腐ることなく、そのまま半年も放置された。死んだというのに身体だけ無慈悲《むじひ》に残る。生き物は死んで土に帰るが定め、これほど虚しい最後はなかった……」

ぐらりと心を揺さぶられ、迷う人間への憎悪に正当性が芽生えた

「最後はその箱もろともゴミ捨て場行きだ。人間たちはその箱を『冷蔵庫』と呼んでいた。だから俺は『レイゾウ』と名乗っているというわけだ」
レイゾウの話は私の警戒を緩《ゆる》ませ、少なくとも人間より親近感を得た。
「警告しておく。人間の愛情を知らないお前に昇天する選択肢はない。周りのお前の仲間たちも同様だ。見るがいい」
私が辺りを見回すと、先に死んだ犬の身体から抜けた魂が漂っていた
その身体は青灰色で透き通っている
「奴らは『サマヨイ』となった。サマヨイには己の意思はない。ああして、この天界と下界の狭間《はざま》を永遠に漂うのだ。だが、我らの仲間になれば違う。己の意志を持ち、自由に動き回れるのだ。人間に復讐だってできる」
『復讐』に興味を示した私をレイゾウは見逃していなかった
にやりと笑い、一本の矢を私に見せつけた
「これは『念の矢』という。これを使えば、人間をほんの少しだが、誘導できるのだ。ほんの少しだからといって見くびるな。現に俺はこいつで復讐を果た

した。雪山で遭難《そうなん》させて、俺と同じように冷たく凍えて殺してやった」
私はすぐに飼育者の顔が浮かんだ
我が子と同じ目にあわせてやるという欲求が私を支配しかけた
その時だった

（《《いけません》》）

厳しくも包み込むような声が頭の中に直接響いて来た
その威厳ある声に驚いた私は一歩退いた
「どうした？……さては『種の起源の犬』の声が聞こえたか‼」
レイゾウが不振がったと同時に、バン、と小屋の戸が開けられた
小屋の異変に気付いた近所の通報でかけつけた者たちだった
「こりゃ酷い」「勘弁《かんべん》しろや」
小屋の中に響き渡る怒号を、私はぼんやりと聞いていた

気が付くと、灰色に囲まれた空虚《くうきょ》な部屋の中にいた。
初めて小屋の外に出たが、そんなに変わらない所だと思った
けれども遠のく意識の中、かすかに温かな気配を感じた
(子供……子供がいる)
精一杯の力で瞼《まぶた》を開けると、目の前で仔犬がじゃれ合っている
今までは産むだけ産んだら、すぐに取り上げられていた子供たち
信じられない……私が一番望むものを最後に与えてもらった……
仔犬はほんの少しだけ私に生きる気力を与えた……脚に力が入る
(どうか、最後は私をささやかな希望の中で死なせて……)
私は立ち上がり、近づくが、仔犬たちは異様な私に怯えて逃げて行く
(逃げないで……大丈夫……私は何もしない)
届かない私の想い……そして奴が立ちふさがる
「寄るな、引けっ‼」
無情にも茶色の犬が私を威嚇《いかく》し、仔犬から遠ざける

「来るな‼　お前とは争いたくない」
茶色の犬はあくまでも私を排除する気だった
（もはや、こいつを倒す他ない）
そう決意したが、人間にあっけなく引きずり出されてしまった
別の部屋で独り、私は最後の遠吠えをした……
そして、力尽きようとした死ぬ間際、またレイゾウが近寄って来た
驚くことにレイゾウの仲間らしき奴らも一緒だった
「人間の醜《みにく》さ、残酷さ、身に染みただろう」
「我らと共に、人間に復讐を果たそう」
レイゾウと仲間は代わる代わる私をそそのかしたが何も響かない
奴らの言葉は『種の起源の犬』の威厳《いげん》の比ではないからだ
だが、レイゾウの次の一言に、ガンと心を揺さぶられた
「お前の子供たちが、あの小屋で『サマヨイ』になっているぞ」
そして、畳み掛けて言った

「このままではお前の子供たちは永遠に彷徨《さまよ》い続けるだけ。救えるのはお前しかいない。助けに行くのか。同様にお前も彷徨《さまよ》い続けるのか、どっちを選べばいいのか、考えるまでもないだろう」

（《《**いけません**》》）

再び聞こえた『種の起源の犬』の声を聞く耳はもう私にはなかった
心を許し、一歩近づくと、レイゾウの群れに一斉に囲まれた
そして、私の身体は次第に赤と黒に染まりだしていく
私の生前の最後の選択は『呪犬』だった

呪犬の身体は、今まで感じたことない解放感に包まれた
私は迷うことなく、あの小屋へ向かった
レイゾウの言う通り、我が子はサマヨイとなり、漂っている……

そして、他のサマヨイ達すべても、己の意志なく漂っている……
(私が助けてやる)
漂う彼らは、意志を持つ呪犬である私に難なく従った
私はそれらを引き連れてささやかな群れをつくった
レイゾウ達の呪犬の群れは、サマヨイを連れる私をあざ笑った
「本当にサマヨイを連れてやがる」
「そんなポンコツを連れて群れとは笑わせる」
けれど、そんな事は気にならなかった
どんな形でも初めて『犬らしいこと』が出来た事を素直に喜んだ
だが、間もなく強烈な飢餓感《きがかん》が襲い掛かって来た
「呪いたい……呪いたい……復讐してやる」
飼育者への憎悪と復讐が私の心を占領した
だが、あの悪質な飼育者は、すでに何匹もの呪犬に祟《たた》られていた
私がたどり着いた時には、自殺の名所の樹海へ導かれて死ぬ間際

もはや、私にできる事はなかった……
こうして、私の復讐はあっけなく終わった
「さぁ、次は誰を呪う？」
現れたレイゾウの問いに私は耳を疑った
「もう私の復讐は終わった。呪いの対象はもうない」
「そうはいかない。永遠に何かを呪い続ける。それが呪犬の宿命」
「なんだと、そんな事は聞いてない‼」
あざ笑うレイゾウは消え、もう二度と現れなかった
そして再び、奴の言う通りに強烈な飢餓感《きがかん》が襲い掛かって来た
初めに感じた解放感はまったくの『まやかし』だったのだ
選べる事はどんどん狭くなっていく
「呪いたい……呪いたい……」
八つ当たり的で何の脈絡もない『通り魔的な呪い』を選ぶ奴もいる
だが、そんな自分は認めたくないのが、唯一、最後の自尊心《じそんしん》

必死でもがき、別の呪う対象を探すと、一匹の犬が思い浮かんだ
死ぬ間際の仔犬との慰《なぐさ》めを阻止したあの茶色の犬
死んだ場所から丹念に奴の居場所を探ると、犬キューピットになっていた
そして、その名を『夢丸』と知る
(奴を呪ってやる!!)
私は夢丸を徹底的にマークした
ところが奴は凄腕で、何匹も哀れで悲惨《ひさん》な犬を助け出している
(このまま奴を呪えば、私も通り魔的な輩と同類ではないか)
許しがたい矛盾がますます私を追い詰めた
そして私の呪いへの飢餓感《きがかん》は限界に達した
けれど、そんな私はもう一人だけ、呪いの対象を見つけた
そいつさえ誤った選択をしなければ、我らはこんなに苦しまずに済んだ
その相手こそ**『種の起源の犬』**

奴の『**人間との共存**』という選択がこんなにも我々を苦しめた
だが『種の起源の犬』を呪いの対象にするには、そこに実態はない
そして私は更にもがき、ようやくその解決策を探し当てた
奴が作った犬と人の共存の世界観をぶち壊せばいいのだ

そう『**犬の独立**』を目指す事こそが、私の復讐!!

それが私の復讐の矛先と定め、道は開け、私は飢餓感から救われた
しかし、私のその壮大な目標にも、やはり目先の呪いの対象がいる
その標的は、やはり夢丸を選んだ
(奴が築く『犬と人間の良好な関係』から壊す)
それこそが『犬の独立』への突破口となろうと信じた
(たとえ、自分が消滅させられようとも、後に続く者がきっと現れる)

覚悟を決めれば行動力は広がる
夢丸を徹底的に調べあげ、そして一匹の犬を標的にした
我が子同様に不幸な環境に産まれたにもかかわらず、幸せに暮らしている
それは『ネロ』
（どんなに幸せに暮らしても、それを逆手にとり不幸に陥《おとしい》れてやる）
『犬の独立』に執念を注ぐ私には、その術《すべ》が分かっていた
『ペットロス』だ
そして、まんまと飼い主もろとも、不幸に陥れてやった
そこから私の『犬の独立』への道は加速した
サマヨイ達を集め、私をあざ笑う者たちを圧倒させる群れをなした

だが、たった今、ネロの飼い主りんねはその全てをひっくり返した
犬の為に危険を顧《かえり》みない神々《こうごう》しいまでの行動に驚愕《きょうがく》させられた
サマヨイ達もそれは同じらしい

初めて目にした美しき人間の行動……
初めて聞いた我が子の遠吠え……
私は気づいた……
これこそが、真の私の望み……

―そこで記憶は終わった。

その感覚は長いように思えたが、ほんの一瞬の出来事だったようだ。

ヨンバンの本当の想いを知り、犬キューピット達は呆然《ぼうぜん》と立ち尽くした。

まだサマヨイ達は遠吠えをしている。間に合う。

ヨンバンは夢丸に向かって近づき、そして言った。

「夢丸、お前がやれ」

ヨンバンの真意を夢丸は理解している。手も身体も震える。

「心配するな『サマヨイの道連れ』は私のハッタリ。そんな事はない。さぁ、早くしろ。千載一遇《せんざいいちぐう》のこの好機を逃せば、お前の凄腕の称号が泣くぞ」

ヨンバンは静かに両手を広げて、まったくの無防備になった。

夢丸は震える手で『消滅の矢』を構える。

一度、周りの犬キューピット達の顔を見た。

マリも、アイアンも息を飲んで夢丸を見つめている。

吉丸だけが黙ってうなづき、夢丸もうなづいて応えた。

周りのサマヨイ達の遠吠えはヨンバンへの哀悼《あいとう》に聞こえた。

「さらば」

夢丸はその言葉だけをヨンバンに捧《ささ》げた。

震える夢丸の手を離れた『消滅の矢』は、ゴオオォォォォッと風切り音を響かせると、命中と同時に、ドッカ――ンと雷鳴《らいめい》と爆風を轟《とどろ》かせた。

目が眩《くら》み、周りの者全て吹き飛び、そのまま周りは黒い闇《やみ》に包まれた。


夢丸が取り戻した光景には、もうヨンバンの姿はなかった。近くにいたはずのネロもいない。皆、散り散りに吹き飛んでいた。

そして、サマヨイ達に変化が起きていた。透き通るような青灰色の身体に、うっすらと桃色と橙《だいだい》色の彩がかり、暗闇の中に灯っている。

「あいつの想いを無駄には出来ない。絶対に‼　このサマヨイ達を昇天させねばならない。一匹残らず‼」

夢丸の叫びに、犬キューピット達はすぐに応えた。

「おぅ、やろう!!」「やろう!!」

すぐにアイアンが近寄り、夢丸に声をかけた。

「一緒にやれて良かったぞ。やはりお前は何か持っていると思ってた」

アイアンの統率の取れた群れはいち早く、迷えるサマヨイを連れて天空に向かった。

だが犬キューピットといえど一度に天空に連れていける数は限られる。

サマヨイは百匹をこえている。ぐずぐずしていたら、取りこぼす。

まだ夢丸はネロを見つけていない。

この混乱の中からネロを見つけるのは思ったより困難だった。

案じた吉丸は込み合いをかき分けて近寄り、夢丸に声をかけた。

「時間がない。お前は早くネロを探せ!!」

夢丸はそれに応え、急ぎ走り廻り、叫び、血眼《ちまなこ》でネロを探した。

「ネロ、どこだ!!」

そして、夢丸は寄り添う三匹の仔犬を見つけた。

それはヨンバンを思わせるシベリアンハスキーの仔犬だった。

（これは……ヨンバンの子……間違いない）

夢丸はヨンバンの最後の姿を思い出し、胸を絞めつけられた。

「この仔犬たちの昇天は、奴が己の消滅をかけて望んだ事。絶対に叶えなければならない」

自分が案内をすべきだろう。だが、ヨンバンが我が子を案じるのと同様に、夢丸にとっても、ネロはかけがいのない存在なのだ。

「誰か、この仔犬たちの案内をしてやってくれ‼」

夢丸は周りに助けを求めて叫んだ。だが、犬キューピットは皆、出払っていてもう誰もいない。ならばネロを後回しにしてでも自分が行くしかない。

そう覚悟をした時、聞き覚えのある懐かしい声に呼び止められた。

「夢丸‼」「助けに来たよ‼」

それは保健所で一緒に死を共にした二匹の仔犬だった。

「僕たちが天国へ連れて行ってあげる」

感激の再会だが、それに浸る時間はない。

「お前たち……頼む」

夢丸の期待に、二匹の仔犬は力いっぱい尻尾を振って応えた。

「任せて‼」

二匹の仔犬に連れられたヨンバンの仔犬たちは、じゃれ合うように天空へ向かって行った。やけに頼もしい姿に胸が熱くなった。

一報を受けた犬キューピット達が続々と現れ、昇天の手助けを始めた。

夢丸は天空を仰《あお》ぎ見る。

淡い光を帯びたサマヨイの灯の群れが天を覆《おお》いつくしている。

魅入《みい》るほどの美しい情景だった。だが、夢丸はまだ安堵《あんど》してはいけない。

ネロを探し、昇天《しょうてん》を果たせねばならない。はっと我に返る。

けれども、もう夢丸はネロを探す必要はなかった。

残るサマヨイはあと一匹。ネロだけだった。

そのネロは夢丸の目の前にちょこんと座り、名残惜しそうに尻尾を振って、夢丸が気づくのを待っていた。

「お前は俺が送ってやる」

夢丸はネロを連れて天空へ向かった。

そして天空の灯《ともしび》は、ひとつ、またひとつ、と消えていく。

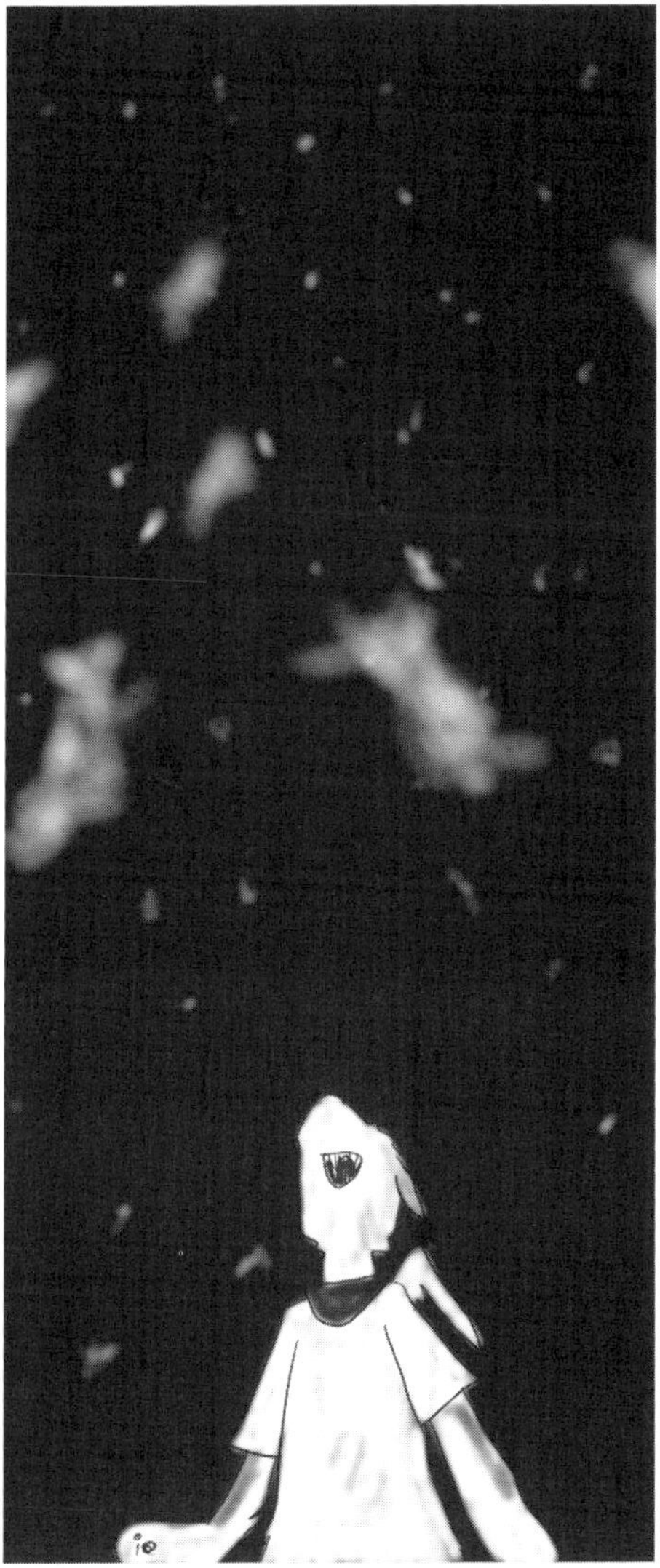

終章

りんねの帰り道。

慌てて家を出てしまったおかげでスマホを忘れ、家に連絡が出来ない。自転車のカゴにアリスを入れて走る事もちょっと出来そうにない。

りんねは、上着をカゴに敷いて簡単なベッドふうに仕立て、そこにアリスを入れ、揺れないように自転車は引いて帰る事にした。

おかげで、すっ飛ばした行きに比べ、帰りはずいぶん時間がかかった。

家に着くと、中は騒然としていた。

「りんね!!」

すっとんきょうな声で出迎えたのは、藍子だった。

「あなたが行方不明になったって言ったら、藍ちゃんが飛んで来てくれたの」

そう教えてくれた母の目は真っ赤に腫れていた。

安堵《あんど》した藍子と紀子の目に留まったのは、もちろん抱える犬の事。

「りんね、どうしたの。その犬……」

藍子の問いにりんねは微笑んで応えた。

「さっきはありがとう。これがあたらしい運命の犬、アリスよ」

りんねが藍子にアリスを紹介した。りんねの胸の中でアリスは怯えつつも
藍子に尻尾を軽く振って歓迎の意志を伝えている。

しばらくきょとんとする藍子。あっと気づく。

「もしかして……犬キューピット？」

「そう、犬キューピットってホントにいる。そして、私の犬キューピットは絶対にネロ。ネロがアリスの所まで導いたって確信できる」


この光景を夢丸とマリはもちろん見守っていた。供に笑顔はない。

「マリ、お前はこれからどうする」

「私は……」

マリは言葉につまり、しばらくの沈黙の後、言葉を振り絞り告げた。

「私は、お母さんを探す」

夢丸は何も応えなかった。

「私のお母さんの魂も、きっとサマヨイになっている。いいえ、ひょっとしたら呪犬になっているかもしれない」

「そしたらどうする」

マリはぐっと息を飲み、しばらくの沈黙の後、言葉を絞り出し言った。

「わからない……でも、きっと私は『消滅の矢』を射る」

夢丸は少し重い沈黙の後、厳しい指摘をした。

「そうはいっても、お前みたいな未熟者には、まだ『消滅の矢』は早い。もう少し修行が必要だな」

そこまで言って、夢丸はフフフと笑った。

「とはいえ、今回で俺もまだまだ未熟と思い知らされた。俺は『一身独立』の意味をはき違えていた。何でも独りでやればいいと勘違いしていた。でも、そうじゃなかった。甘えて誰かに頼り切りはいけない。だが、互いに信頼出来る者同士が力を合わせれば、大きな事が出来ると学んだ。それを教えてくれたのはマリ、お前だ。そして、あのヨンバンも……」

夢丸は決意の目でマリを見据えて言った。

「俺が繁殖犬を無くしてやる‼　一匹残らず」

夢丸は、ぐっと見据《みす》え返してくるマリに告げた。

「お前も一緒に来い。きっとそれが母親を探しの近道だ」

マリはうなずいて応えた。


（（（あなた達を見守ります）））

種の起源の犬の激励が聞こえてきた。

この物語を読み終えたあなたの周りには
もう犬キューピットが
働きだしているのはおわかりですね
どうかメッセージを聞き逃さないでください

その犬キューピットは
夢丸かもしれませんし
目を閉じれば浮かぶ
懐かしいあのこかもしれません

―おわり

【参考文献】
「ペットの死　その時あなたは」鷲巣月美　編　三省堂
「犬たちをおくる日」　　　　　今西乃子　著　金の星社

【絵と文】
郁実ひよと
愛知県豊橋市　出身在中

※本書は『犬キューピット 呪犬の怨嗟の渦』（2019年発行）
の改訂版です。

犬キューピット　夢丸と呪犬（新装版）

2020年11月22日　初　版第1刷発行
2021年12月22日　新装版第1刷発行

絵と文　郁実ひよと

発行所　ブイツーソリューション
〒466-0848 名古屋市昭和区長戸町4-40
電話 052-799-7391　Fax 052-799-7984

発売元　星雲社（共同出版社・流通責任出版社）
〒112-0005 東京都文京区水道1-3-30
電話 03-3868-3275　Fax 03-3868-6588

印刷所　モリモト印刷

ISBN 978-4-434-29717-5